CONSTANCE RUTHERFORD

VIERGE

ROMAN

Harper Collins
TRAVERSÉE

Cette œuvre est une œuvre de fiction. Les noms propres, les personnages, les lieux, les intrigues sont soit le fruit de l'imagination de l'auteur, soit utilisés dans le cadre d'une œuvre de fiction. Toute ressemblance avec des personnes réelles, vivantes ou décédées, des entreprises, des événements ou des lieux serait une pure coïncidence.

HARPERCOLLINS FRANCE
83-85, boulevard Vincent-Auriol, 75646 PARIS CEDEX 13
Tél. : 01 42 16 63 63

www.harpercollins.fr
ISBN 979-1-0339-1418-1 — ISSN 2724-9972

« Ma blessure est intérieure.
C'est la blessure du manque d'amour. »
KATHY ACKER, *Don Quichotte*

« Je suis jeune et riche et cultivé ;
et je suis malheureux, névrosé et seul. »
FRITZ ZORN, *Mars*

Je suis enroulée autour du traversin. Ce coussin-saucisse me donne l'illusion de partager ma nuit avec quelqu'un. Chaque geste est un effort. J'ai l'impression de nager dans une piscine de vase. Je soulève le drap et détaille mon grand corps puceau. Je pense aux mystiques qui pratiquent l'abstinence et renoncent au sexe. Je me dis qu'ils doivent être inodores alors que je me sens puer le manque.

Ma mémé s'agite en cuisine. Elle crie, J'ai besoin d'une grande. Comme d'habitude elle n'arrive pas à atteindre les plats qu'Adair et moi avons rangés sur l'étagère du haut. On oublie souvent que mémé Simone est plus large que haute et mesure un mètre cinquante.

J'adore ma grand-mère. Le son de sa voix suffit à rembarrer trois heures de spleen. Une vraie voix de Mère Castor. Ses yeux bruns sont drôlement rapetissés par ses lunettes de vue. Sans faire attention, elle a choisi la même monture rétro nerd que Woody Allen. C'est marrant. On dirait qu'elle est super branchée. Ça va bien avec sa masse de cheveux blancs épais et pleins d'épis.

Mon téléphone est à portée de main. Le temps qu'il s'allume, je surprends mon reflet dans l'écran noir. Le traversin calé derrière ma tête me crée trois mentons et une face aplatie de blobfish. J'ai trois notifications sur Facebook. C'est l'anniversaire de Clara, quelqu'un a publié sur le groupe Offres d'emploi – secteur culturel – et Alix m'a identifiée sur une photo. Gros stimuli. Je fais partie de ces fantômes des réseaux souvent connectés mais jamais impliqués ; être identifiée sur une photo relève de l'événement. C'est une photo brochette-de-filles qu'Alix a prise la veille. Une légende en dessous : *Retrouvailles.* Je me souviens vaguement de la mise en scène.

Il devait être 21 heures et la soirée ne prenait pas. En même temps, Alix avait bien douché l'ambiance en exigeant qu'on se déchausse à l'entrée et en imposant sa playlist *La La Land.* Au lieu de fuir, j'avais sagement coincé mes basquettes entre une paire de ballerines et une paire de bottines. D'un coup, j'avais eu honte de porter des Air Max. Je pensais, *L'ado bourge blanche qui veut s'inventer une street cred.* J'étais rentrée pieds nus dans le salon, laissant mes grosses chaussettes de sport transpirer dans mes basquettes. Quelques secondes m'avaient suffi pour réincarner mon personnage bonne poire du lycée. J'avais parlé franglais en distribuant des ça va et des bises, posé beaucoup de questions. Au mur, il y avait un tableau photo de New York en noir et blanc, seuls les taxis jaunes étaient colorisés. J'avais l'impression de faire la fête dans un appart hôtel. Je me berçais avec la logorrhée de Clotilde qui me résumait son stage en agence de communication. C'était comme si elle lisait un prompteur. Clotilde était intelligente mais n'avait aucune intuition. Au lycée déjà, elle s'écoutait monologuer sans capter le désintérêt qu'elle pouvait susciter. Sergio portait des chaussettes Burlington à losanges bleu ciel et marron, Justine des socquettes ballerines invisibles. J'étais en présence d'adultes. J'espérais que cette nouvelle posture empêcherait quiconque de lancer l'épouvantable jeu du *Je n'ai jamais* pour pimenter l'ambiance en fin de soirée. Je me souvenais encore de deux anecdotes révélées au cours d'une partie : Clara avait couché avec le pion blond et Sergio avait activé la lampe torche de son téléphone le soir de sa première fois pour « trouver le trou ». D'un coup, Alix nous avait braquées avec son iPhone, ça avait frôlé l'injonction. Tout le monde se faisait passablement chier mais on a l'air tellement heureuses. J'ai honte de me l'avouer, mais le temps de quelques secondes cette photo et les likes qu'elle suscite me remontent le moral. Je fais défiler les stories.

La soirée avait fini tard sur une playlist années lycée. *Bouge ton gros cul, pute, fais-le rebondir, et prends ça dans ta gorge, ça je n'ai pas besoin de le dire.* Je reconnais la voix de canard geignard du rappeur Teki Latex. Ça me provoque une sensation physique de dégoût. *Suce-moi bien, pétasse, prends des initiatives, moi je n'hésite pas car direct je te sodomise.* Cette chanson passait tout le temps aux soirées bourges fluo kids de Clermont-Ferrand. Certaines filles dansaient sur les tables et les garçons scandaient les paroles en chœur comme si c'était un chant partisan. Dans le doute, je restais assise, coincée à l'étroit sur le canapé. Je n'avais jamais su comment appréhender ce morceau ; s'il fallait pourrir Teki Latex ou si c'était moi qui manquais d'humour.

Je scrolle un peu. Juliette a changé de photo de profil. C'est chaud les photos de comédiens, personne ne s'accoude à une table comme ça, et cet air déterminé, je me demande si ce n'est pas pire que les photos d'écrivains, celles où ils se tiennent la branche de lunettes entre le pouce et l'index en haussant les sourcils. Ma parole, elle a carrément posté tout son book, il y a des photos fou rire, des photos yeux vénères, des photos mode rêveuse, la pose clownesque Charlie Chaplin, toute la palette d'émotions, c'est l'enfer son truc, et les commentaires, *tu es sublime*, n'importe quoi, elle fait pitié, personne n'a jamais trouvé de boulot grâce à Facebook. Anne me parle, vas-y c'est quoi son profil à Anne ? Un vieux gros plan qu'elle n'a pas changé depuis 2009, en couverture une photo réunion de famille. J'admire les gens qui n'ont pas honte de leur famille. Joris participe à neuf performances/workshops, je suis sûre qu'il ne va rien faire du tout. Sa photo de profil est floue et décadrée, il joue le mec à l'arrache du genre je tague les trains la nuit, c'est hyper étudié. Mon amie Lisa réagit à une publication. C'est une photo de Fleur-Lise. Elle est enceinte. Fleur-Lise et moi étions dans la même classe en CM2, depuis, ce n'était plus qu'un prénom sur Facebook. Je me souviens d'elle : petite crevette discrète, mais pensée fluide. Ça me fait bizarre de voir ce corps menu enceint, on dirait une paille qui aurait avalé un noyau. Jamais je n'avais encore associé mon âge à la maternité. Je pense, *Cette photo, c'est la mort de l'enfance*, et ça me fait des bleus dans le ventre. Je suis sûre que Fleur-Lise aime les bonheurs simples comme éplucher des patates entre amis pour faire une truffade ou arroser une plante verte, ça se voit dans son sourire et sa robe à fleurs. Je me désabonne de son profil et retourne sur la photo *Retrouvailles*. Je me détaille : peau rouge qui suinte, cheveux méchés et emmêlés, grimace du mal-être. On dirait un Pokémon Taupiqueur entouré de jeunes femmes.

J'ai mal sous l'aisselle gauche. Mon bouton blanc a encore grossi. J'essaie de le percer en repoussant mes poils. Ça suinte un peu. J'essuie le pus avec mon drap et je me lève. Je sais que je vais manquer de conversation à table. Ça me déprime, je ne me sens pas à la hauteur de tant d'affection. Je me traîne jusqu'à la cuisine. Je suis comme un aspirateur sans fil qui bute contre les meubles. Je descends le saladier et regarde ma grand-mère malaxer les blettes, les oignons, le persil, les œufs avec le beurre et la farine. Je sens que je devrais rentrer dans un délire de complicité culinaire avec elle mais ça ne vient pas. J'ai toujours vu ma grand-mère cuisiner pour les autres. C'est son domaine d'expertise. Je sais aussi que c'est sa manière de dire je t'aime. Au fond, ça m'arrange bien. Je lui raconte brièvement ma fête de retrouvailles. Je me suis plutôt marrée, il y avait quelques potes du lycée, on a fini dans une boîte de nuit vers Nation. Je mens pour ne pas lui faire de peine. J'ai passé une soirée épouvantable. C'est ma faute. J'ai fait l'oreille attentive, me suis intéressée aux vies des gens pour m'assurer qu'on ne parle pas de moi. Je me suis rendu compte qu'à vingt-cinq ans il est plus difficile de s'échapper de soirée. Les gens causent plus, soumettent leur projet de vie. J'ai presque regretté ma tactique de fuite d'ado crasse : entrée, bise, deux trois questions d'usage, des jeux d'alcool genre *21*, *freed from desire*, vomir, départ. Ça permettait d'esquiver le flirt, l'entre-deux gênant, les fins de soirée en suspens. Vomir était alors mon objectif. La solution pour appartenir au groupe sans avoir à me dévoiler. Ça m'avait même valu un surnom : « Vomito ».

Le couvert est déjà mis dans la salle à manger. Je m'assois en bout de table, sur une des chaises tapissées de ma grand-mère. Je suis un bébé d'un mètre quatre-vingts qui attend la becquée. Je me dégoûte. Je fixe un point vide et regarde à l'intérieur de ma tête. La vision de Fleur-Lise me hante. C'est le genre de fille que j'aurais bien imaginée encore pucelle.

Dans mon souvenir, Fleur-Lise aussi avait souffert en CM2. Elle était dans le top trois des cibles faciles de M. Perrin, mon bourreau. J'avais toujours été mauvaise élève mais encore plus avec lui. Il aimait bien détruire les filles, pas toutes, juste les timides, les lentes, avec les mots, jamais physique. Je me souviens que j'étais assise pas loin de la fenêtre d'où il jetait nos trousses et nos cahiers. J'imaginais qu'un jour je le jetterais lui et que j'irais en prison. Je développais des tactiques superstitieuses du genre, si je ne fermais pas complètement le volet de la chambre la nuit, je ne passerais pas au tableau le lendemain. Je me souviens que j'étais assise à côté d'Amandine Bon, c'est sur elle que j'avais copié pour la première fois. Amandine Bon avait même installé son gros classeur entre nous pour m'en empêcher. Il arrivait que Perrin appelle un autre maître pour constater le niveau de ses mauvais élèves. Les deux instituteurs riaient et parfois, même, je riais avec eux. J'en avais couvé une haine de tout ce qui faisait prof ou prêt-à-penser républicain comme le passé simple, les jeux de société, les chaussures Camper avec les lacets en diagonale, France Inter, ces bouffons de Fred et Jamy, les jeux de mots, le théâtre, Dominique Dimey et son droit des enfants, les *Fables* de La Fontaine, les parents d'élèves à la sortie de l'école, les mamans avec les cheveux courts qui adorent le Burkina Faso et les ateliers d'écriture. Je pleure. Ça m'énerve de pleurer.

La porte d'entrée a claqué. Je reconnais le petit soupir exténué de ma grande sœur. Adair squatte plus ou moins chez notre grand-mère depuis sa sortie du conservatoire. Elle profite du canapé-lit quand elle a des castings à Paris. Elle papote avec mémé dans la cuisine, puis me rejoint dans le salon et se laisse tomber sur le canapé. Je lui demande comment ça s'est passé. Hier, elle a participé à une soirée projection de courts-métrages organisée par une petite société de production parisienne. Elle tient le rôle principal dans un des films, un truc expérimental où elle doit dépecer un poulet, déguisée en déesse dorée. Adair me répond qu'elle s'est bouffonnée, Il y avait toute une bande de casting sauvage, que des effrontés qu'ont rien demandé ou des stand-uppers qui créent par eux-mêmes, je me suis dit, on fait pitié nous à côté, les acteurs de formation avec nos trois ans de conservatoire et notre soif de jouer. Forcément leur court-métrage était trop bien, ça fusait de partout, je me suis marrée alors que nous, avec nos pantalons en velours et notre vieux plan-séquence paillettes, je sais pas, ça puait l'école d'art. En plus comme d'hab il y a eu un gros plan esthétisant sur mes pieds plats.

J'expire du nez pour chasser mon rire. Depuis sa sortie du conservatoire et par une espèce de coup du sort incompréhensible, Adair a dû se résigner à enchaîner les plans de pieds nus pour ses différents rôles au cinéma – orteils boudins qui testent la température de l'eau, barbotage dans le ruisseau, flirt sous la table, pose de vernis entre copines, travelling latéral sur pieds mouillés après la douche –, alors qu'elle souffre d'un affaissement du pied depuis l'enfance et chausse du quarante-deux. Évidemment, j'ai même pas été payée, sérieux plus jamais j'accepte des premiers films pétés comme ça. Adair a un débit mitraillette, comme si elle voulait enfermer ses phrases dans une boîte trop petite. Il y avait Céline Hans aussi, la directrice de casting, elle m'appelle plus cette pute, elle m'a dit, Ah t'as changé, j'ai dit, Ouais j'ai vieilli, elle m'a dit, On vieillit pas à ton âge, j'aurais dû dire, Pourquoi tu m'appelles plus depuis trois ans ? Bientôt, Adair jouera *Hamlet* avec une compagnie de théâtre aurillacoise. Je suis sûre qu'elle n'en a pas parlé à la soirée.

Nos portables vibrent à l'unisson. Notre père vient de partager un lien Internet sur le WhatsApp « Famille ». Je frémis. Ces groupes-là sont des outils de propagande familiale. Toute réaction inhabituelle ou expression d'une émotion sincère et impulsive laissera une trace écrite numérique. Il faut rester vigilant, diplomate et savoir maintenir une ambiance de politesse insipide comme lors des repas de famille. Pour cela, les smileys sont utiles. Je clique sur le lien de mon père. Il s'agit d'un classement HappyStarters répertoriant les entreprises où les jeunes diplômés sont les plus heureux. La boîte où mon petit cousin a décroché son premier contrat d'ingénieur figure dans le top 10. Ma tante répond par un pouce, un cœur et une émoticône bras musclé. Adair est en train d'écrire, La classe, cousin ! Bravo !

À vingt-deux ans, Thomas est devenu un citoyen actif responsable. De toute façon, mon admiration s'est cristallisée autour de lui le jour où il nous a présenté sa première copine et que je les ai entendus faire l'amour dans la chambre d'amis. Je sombre doucement dans une séance d'autoflagellation paranoïaque. Mes parents sont déçus. Ils aimeraient pouvoir répondre « prof d'anglais », « infirmière » ou « avocate » à la question : « Que deviennent vos filles ? » Des vrais métiers grâce auxquels on remplit son devoir moral, on paye des impôts et on participe à l'entretien de la force publique. Au lieu de ça, ils ont engendré un têtard immutable qui se regarde vivre et s'autoanalyse en permanence.

Notre grand-mère nous rejoint à table avec le mounassou et la salade. Elle jette une œillade agacée à nos portables que l'on range immédiatement dans nos poches fessières. Elle pose le plat sur la table. Comme d'habitude, mémé prétend l'avoir trop cuit, mais bien sûr c'est délicieux. Elle me demande comment je suis rentrée hier de la soirée. Je réponds, En bus de nuit. Je n'ai pas envie de lui dire que je suis rentrée en Uber. Mon grand-père a été taxi parisien pendant quarante ans. Prendre des VTC, c'est un peu gifler sa mémoire. Je me souviens de mon retour.

Il devait être 3 ou 4 heures du matin. La voiture sentait le tabac froid et le désodorisant fleur de lotus. Un rap atmosphérique s'engouffrait par les caissons de basse camouflés sous les sièges. C'était planant. Le chauffeur savait faire danser la voiture. Je n'avais presque pas senti le virage entre l'avenue Simon-Bolivar et la rue Botzaris. J'aurais souhaité que ça dure plus longtemps. Le mounassou passe mal et ça bourrine putain là-haut, d'un coup c'est tout l'alcool d'hier qui frappe à la porte de ma tête. Je sens que je déçois mémé en refusant une deuxième part de mounassou. Heureusement, le téléphone sonne.

C'est l'heure de Marcel. Comme tous les jours, les deux cousins commencent par se raconter leur vie. Marcel parle de son Hélène qui, ce matin, ne l'a pas reconnu, puis ils égrènent la rubrique nécrologique du quotidien *La Montagne* pour voir s'ils connaissent des morts. Comme d'habitude, Simone s'étonne d'être encore là. Elle en rit avec Marcel. Elle évoque toujours la mort comme si c'était une vieille copine. Ils parlent du décès de Mme Chassagnon, de sa pauvre fille qui devra probablement vendre la maison. Je me sers un verre d'eau et laisse traîner mon regard abattu sur le meuble télé. Les VHS de mon enfance sont toujours là, au garde-à-vous sous l'écran : *E.T. l'extraterrestre*, *Harry Potter*, *Il était une fois… la vie* et Amélie Poulain avec sa frange courte de merde. Dans le coin des tranches fines, j'ai reconnu l'étui du DVD de *40 ans, toujours puceau*. Je me souviens du jour où j'ai subtilisé ce DVD d'une Christmas Child box en Angleterre. C'était pendant les vacances de Noël, j'avais dix ans. Après les courses au Sainsbury's, mes grands-parents anglais avaient fait un détour par leur église méthodiste pour aider à ranger les restes du *charity breakfast* organisé par les fidèles. Pendant qu'ils œuvraient, ma grande sœur et moi nous nous étions amusées à faire des tours sur l'escalier monte-personnes du hall de l'église. C'était comme une petite attraction : un fauteuil sur rails qui nous rappelait la machine à remonter le temps du film *Casper*. On aimait l'idée de devoir s'attacher avec une ceinture de sécurité pour un trajet aussi lent. C'est Adair qui avait inventé le jeu du monte-personnes. C'est toujours elle qui avait les bonnes idées pour les jeux.

The 40-Year-Old Virgin. J'avais tout de suite été attirée par la jaquette du DVD et le visage ahuri de Steve Carell. Ce film n'avait pas l'âge des autres jouets et semblait appeler au secours parmi les jeux de domino, les *chocolate oranges*, les livres de *Peter Rabbit* et de *Postman Pat*. J'avais détaché ma ceinture de sécurité et m'étais avancée jusqu'au DVD. En guise de sous-titre, il était écrit : *The longer you wait, the harder it gets*. J'avais caché l'objet sous mon pull.

Quand je traverse le pont Notre-Dame, j'aime imaginer que je suis en route pour un travail classieux, un truc dans l'édition ou dans une de ces librairies du Ve qui puent. Les livres m'ont toujours intimidée. Je les ai longtemps associés à tout ce que je ne savais pas. Je les pensais bourrés de mots de dictées comme « âpre » ou « brumeux ». Je déventouse discrètement mon casque audio à chaque pic de morceau. Je ne veux pas que quelqu'un puisse entrer dans l'intimité de ce que j'écoute. Ce matin, de la techno minimale. J'imagine que je suis une DJ adulée et que je règle le bras d'une platine vinyle d'un air futé.

Depuis deux ans, je suis assistante d'éducation dans un collège. Autrement dit : pionne. J'assiste le conseiller pédagogique d'éducation dans ses missions de gestion et d'organisation de la vie scolaire. Je surveille les récréations, je surveille les heures d'étude, je surveille les couloirs, je débusque les sécheurs, je décèle les problèmes de comportement, je contrôle les carnets de correspondance, j'enregistre les billets de retard et d'absence. Aussi, pour parfaire ma mission d'assistante d'éducation, je peux appliquer des heures de retenue directement programmables sur le logiciel de gestion de vie scolaire créé en 1999 : Pronote.

J'ai cinq minutes de retard. Naturellement, l'irréprochable Candice est déjà là sur le parvis. Elle accueille les élèves en contrebas du drapeau tricolore qui flotte mollement au-dessus de sa tête. À côté d'elle, je me sens un peu comme un paillasson. Le porche du collège ressemble à un hall de gare. Il faut être à l'heure ou bien on rate sa vie. Je fais semblant de courir au cas où la directrice adjointe, chienne de garde missionnaire de l'école publique, m'observerait de loin. Tous les matins, de 7 h 50 à 8 h 05, elle s'excite toute seule devant le collège, conseille aux élèves retardataires d'accélérer, fait retirer les casquettes et les bobs, veille à ce que les élèves musulmanes se dévoilent derrière la grille et non face à la vitre teintée de la loge des agentes d'accueil. C'est comme si elle voulait que les passants lui crient : « Merci, madame, merci pour ce que vous faites pour nos petits loups, pour la République, pour la France ! »

Je dépasse plusieurs élèves sur le boulevard. Les plus gentils me disent bonjour, les autres en bande esquivent mon regard ou bien rient dans leur paume. Je n'aime pas croiser les collégiens en dehors de l'établissement. Au collège, je suis en zone protégée. Mon statut de surveillante me donne un cadre d'existence. À l'extérieur je ne suis personne. Quand j'étais petite, j'étais toujours déçue de tomber sur mes profs au supermarché ou à la Poste. C'était comme voir un insecte en dehors d'un vivarium et se rendre compte qu'en fait c'est moche. Et puis, ça doit se lire dans ma démarche hésitante et mon air ahuri que je suis vierge.

Plus que cent mètres, il faut courir pour de vrai. Je sens mes seins et mes joues ballotter au rythme de ma course molle, un peu comme le drapeau tricolore qui pendouille au-dessus de Candice. Courir me rappelle que j'ai des seins. Que je suis une truie. Une truie avec des petites mamelles ballantes.

J'ai franchi la grille au moment où retentissait la seconde sonnerie. On dirait une musique de portable insipide. Je préférais le son franc des anciennes sonneries à base de *drelin-drelin* stridents. L'air de rien, je me suis positionnée à côté de Candice et je branle du chef à la présentation de chaque carnet de correspondance. Les sixièmes le tiennent près d'eux, comme un bouclier. Arrivés devant nous, ils le lèvent cérémonieusement au niveau de nos visages, puis attendent, fébriles, notre hochement de tête bénisseur pour passer la grande porte en fer noire. Pour les élèves de troisième, ce geste est devenu une routine obligatoire. Les plus nerveux attendent le dernier moment avant de le sortir de leur sac. Ils marmonnent entre leurs dents, Ça sert à rien, vous me connaissez. Et tu veux mon groupe sanguin aussi ? Dans la rue, un groupe de quatrièmes consultent goulûment leurs écrans avant de les éteindre pour la matinée. Ils ressemblent à des plongeurs qui prendraient une dernière bouffée d'oxygène avant un long plongeon en apnée. Un peu à l'écart, Gulliver finit sa clope, un pied contre la grille, comme si c'était la base de fumer en quatrième. Candice fait semblant de ne pas me voir. Moi j'entends qu'elle m'a vue parce qu'elle parle légèrement plus fort depuis que je suis arrivée.

— Les écouteurs, Antoine !

Sa voix me casse la tête. Elle lance des piques, enchaîne les blagues de connivence avec les élèves. Je la sens se regarder faire, on dirait qu'elle se drague elle-même. Candice a été élève dans ce collège avant de rentrer à Louis-le-Grand. Comme la plupart des surveillants ici, elle a un parent dans l'Éducation nationale et se sent chez elle à l'école.

— Mais, Ghofrane, tu ne commences pas à 9 heures le lundi ?

Dès le matin, je me sens trouée par la toute-puissance cartésienne de son cerveau bien huilé. Candice connaît tout par cœur, le nom et le prénom de chaque élève, chaque projet d'accueil individualisé, la date des élections au conseil d'administration, le calendrier scolaire, le code de l'éducation, la date du prochain exercice alerte intrusion, la charte de la laïcité, les consignes à suivre pendant l'exercice incendie, le calendrier des évaluations de sixième, chaque planning de salle en fonction des semaines A et B. Le silence est lourd, alors je m'excuse pour mon retard. Candice répond, Ça va, en refermant la grande porte noire. Par contre t'as une perm et il faut que tu notes les oublis de carnet : Elias 6e 3, Kalina 4e 2, Titouan 6e 1. J'attrape le cahier et je trace une croix en face des élèves concernés. Elle me laisse là et s'avance vers le coin des clopes-cafés derrière les poubelles. Ses petits pas étriqués l'obligent à se déplacer comme une enfant déguisée en momie dont seuls les pieds dépassent du moule en papier mâché. Petits Pas, c'est comme ça que je l'appelle. J'ai même une chanson qui s'allume dans ma tête chaque fois que je la vois traverser la cour, le tronc du corps parfaitement immobile posé sur mille pattes grouillantes. J'ai l'impression que, là où j'ai besoin de faire deux ou trois pas pour aller d'un point A à un point B, Petits Pas en fait douze mais arrive quand même avant moi.

Petits Pas... Petits Pas... Petits Pas ! Pas ! Pas !
Petits Pas... Petits Pas... Petits Pas ! Pas ! Pas !

Candice salue Jérémie, un surveillant peinard, toujours aimable et guilleret. J'envie Jérémie d'être aussi sociable. Je sais qu'il fume un pétard tous les matins avant de venir. Ça doit aider. Je le regarde discrètement, il a un look *Into the Wild*, chaussures de montagne et vieux T-shirt Marathon des Isles en val d'Allier 2004. Sur ses réseaux sociaux, il doit poster des photos de monts enneigés et poser sans ironie avec des lunettes de cycliste. Des chaussons d'escalade pendouillent de son sac à dos multifonction à élastiques zigzag. Peut-être qu'il profite du mur d'escalade dans le gymnase après 17 heures. Je l'imagine s'élever et danser tranquillement sur les couleurs. Je suis sûre qu'il grimpe les murs comme il grimpe la vie. Chaque prise est un petit obstacle qu'il surmonte avec flegme. Je me demande ce que Candice et Jérémie se racontent. Peut-être qu'ils parlent du manque d'implication de leur directeur de thèse ou des horaires de bibliothèque.

J'ai vingt-cinq ans. Qu'est-ce que je vais faire après mes études sans but ? Je n'ai pas appris de métier. J'ai validé une licence information-communication à l'université Clermont Auvergne. J'ai suivi les filles de ma classe de terminale L, passionnées de musique et d'événementiel. J'ai découvert sur le tard que les étudiantes en « info-com » sont surnommées les « nymphos-connes ». Je ne me suis jamais vraiment sentie concernée.

À aucun moment Candice ne parle à Jérémie dans les yeux. Elle a le regard satellitaire de ceux qui épient et surveillent, la vision latérale des poules qui couvrent trois cents degrés sans tourner la tête. J'essaie de les imaginer baiser. Je me demande à quel âge Petits Pas l'a fait pour la première fois. Peut-être dix-neuf ou vingt ans, après le lycée en tout cas. Jérémie, lui, a dû le faire avec sa correspondante allemande pendant le voyage de classe de quatrième.

Je traverse la cour. Le vent ne soulève pas mes cheveux. J'espère qu'ils ne sont pas trop gras. L'année passée, des élèves de troisième se sont amusés à caricaturer les pions sur le tableau Velleda de la vie scolaire. Je trouvais que je ne prenais pas trop cher avant de me rapprocher un peu et de remarquer qu'ils avaient dessiné une bouteille d'huile se déversant sur ma tête.

Le bureau de la vie scolaire est violemment éclairé par quatre plafonniers haute performance. Les surfaces planes sont tachetées de post-it à messages injonctifs censés organiser les idées, donner des ordres aux surveillants du lendemain, lister les mots de passe avec une majuscule, un chiffre et un caractère spécial. Gus, le doyen des surveillants, est là. Il classe les billets de retard dans les tours de rangement à dossiers suspendus. Je lui dis, Salut, et fourre mes affaires dans mon casier. À chaque rentrée, Gus annonce, C'est ma dernière année, puis s'enflamme tout seul en listant les avantages du métier alors que personne n'a rien demandé : il n'habite pas loin, la cantine coûte deux euros cinquante, il y a le bar Cabandé au bout de la rue avec son happy hour à 17 heures le vendredi, et Courtinat l'aime bien. Parfois il va même dîner chez lui ou garder son enfant de deux ans. Gus est surveillant depuis cinq ans. Pendant deux ans, il a partagé son temps entre le collège et son master de création littéraire. Une fois diplômé, il a choisi de rester. Pas longtemps, juste le temps de finir d'écrire son roman. Ce qui était censé n'être qu'un job étudiant est devenu un 35 heures annualisé. Je ne sais pas où en est son projet de roman dystopique. Ça fait longtemps qu'il n'en a pas parlé. Je suis sûre que ça va faire pareil pour moi et que je vais m'encroûter gentiment ici. De toute façon, je n'ai pas de rêves.

La salle de permanence est occupée par les cinquièmes CHAM : la Classe à horaires aménagés musique. Je demande à chacun de s'asseoir et défile entre les rangées de tables, les mains unies derrière le dos comme un président de la Ve République. J'ouvre le classeur d'appel. Les élèves de cette section portent de longs prénoms piochés dans le calendrier des saints – Constance, Ferdinand, Anatole – ou bien des prénoms païens absurdes – Cosmo, Cerise, Billie.

Il n'y a aucun absent. Les élèves sortent leurs cahiers pour réviser un contrôle d'histoire. Je lis par-dessus leur épaule. La leçon porte sur Byzance et l'époque carolingienne. J'espère qu'ils ne me poseront aucune question. Orphée et Sébastien s'ennuient et demandent à jouer aux échecs. Je m'assure qu'ils ont bien révisé leur leçon et ils me répondent, Bah oui, comme si ma question était humiliante et salissait leur image d'écoliers parfaits. Je leur tends l'échiquier et, dans le même élan, autorise Constance et Ferdinand à jouer au pendu. Un doux brouhaha se forme dans la classe. Je ferme la porte et m'installe au bureau.

Au premier rang, Joseph lit *Harry Potter* en anglais. D'après Courtinat, ses parents mettent un point d'honneur à lui parler anglais depuis tout petit pour qu'il soit parfaitement bilingue. Quand je passe devant lui, il relève la tête et me fixe de ses yeux reptiliens tout verts. Parfois, j'ai l'impression qu'il veut me faire passer un message. Joseph s'ennuie à l'école. II a déjà tout compris. Je ne l'ai jamais vu avec le visage froncé de l'effort. Plus tard, il passera par l'ENA et finira haut fonctionnaire ou bien mourra à vingt-sept ans. Dans son dossier scolaire, il est écrit : Précoce. Problème de colère.

Je joins mes bras derrière le dos et recommence ma ronde de surveillance. J'essaye de me convaincre que le doux brouhaha n'a pas muté en un vacarme retentissant nécessitant un recadrage. Anatole a arraché une page de son cahier de texte. Il a griffonné un mot dessus, l'a froissé discrètement et l'a envoyé en direction de Benjamin, pas loin des bannettes quatre couleurs. La boulette atterrit à mes pieds. Sébastien et Orphée interrompent leur jeu d'échecs. Je suis piégée. Une partie de la classe guette ma réaction. C'est à moi de jouer. Je m'exclame d'une voix neutre, Pas sûr que la poubelle te réponde, Anatole. Je ramasse la boulette et, miracle, marque un panier dans la poubelle. Anatole rougit. Je continue ma ronde.

Anouk sourit à Benjamin. D'après Candice, ils sont en couple. Elle les a vus s'embrasser à la sortie du collège. Du haut de leurs douze ans, Anouk et Benjamin ont déjà plus de vécu amoureux que moi. Ils ont déjà expérimenté le délire des langues qui s'entremêlent et des corps qui commencent à respirer fort. Je m'assois au bureau et j'entreprends de feuilleter un manuel de français. Sur une page entière est reproduite la peinture d'un centaure hyper musclé apprenant à Achille à tirer à l'arc. *L'Éducation d'Achille par le centaure Chiron*. Je commence à me fondre dans l'image quand M. Courtinat, le CPE du collège, entre sans frapper. En un clin d'œil, tout le monde se retrouve à sa place, le nez sur le manuel d'histoire et l'empire byzantin. Je me sens seule au milieu du silence. M. Courtinat me salue poliment et me donne des papiers à distribuer pour les élections des représentants de parents d'élèves. Il quitte la pièce en laissant la porte entrouverte. Dans l'entrebâillement, je croise le regard glacé de Petits Pas qui sirote lentement son café, T'as demandé pour les échecs ? Je pourrais la tuer.

Ça sonne. La mélodie évacue les élèves comme une chasse d'eau. J'aligne les tables, replace les chaises, range le tapis de jeu en haut de l'armoire, repêche le petit mot d'Anatole dans la poubelle. *Elle s'appelle comment la pionne ?*

Le bus est le moyen de transport le plus fiable pour arriver en retard. Je le prends tous les mardis pour manquer le quart d'heure d'expression corporelle de mon cours de théâtre.

C'était M. Courtinat qui m'avait conseillé de faire du théâtre. J'avais bien remarqué qu'il me matait parfois derrière la vitre de la vie scolaire pendant la récréation de 10 heures. Je pensais, *Ouah ce perv*, mais le bougre était en train de m'analyser. Il avait compris que j'étais un portemanteau tout nu, que même les ballons en mousse me passaient à travers. Un matin de mai, après la récréation, il m'avait dit : « Maxine, vous n'avez pas de corps. Vous devriez faire du théâtre. »

Vous n'avez pas de corps. Ça m'avait marquée. J'en avais parlé à ma mémé le soir même, au dîner. Elle avait dit, C'est une bonne idée, c'est vrai que t'es coincée. J'étais sur le cul. Deux mois plus tard, pour mes vingt-cinq ans, elle m'avait payé un stage d'été de théâtre dans un cours privé. C'était la première fois que ma mémé m'offrait un cadeau inutile. D'habitude, elle me payait une paire de chaussures ou une housse de couette. Elle avait dit, Un bon prof c'est un bon acteur, ça t'aidera pour quand tu te décideras à être prof d'anglais. Le lendemain matin, j'avais appelé l'International-Music-Acting-School pour essayer de me faire rembourser les quatre cents euros de stage. En vain. J'étais piégée. Ma grand-mère avait bien fait les choses.

Je savais que les arts vivants étaient peu adaptés à une vierge sans corps. Pour apprivoiser ma peur, je m'étais dit que je pourrais être figurante. Il y a toujours un valet de chambre ou une soubrette pour pousser un chariot, débarrasser la table ou apporter le samovar dans une pièce de théâtre. Et puis jouer c'est quoi, c'est parler fort et se tenir droit, ça va je connais, moi j'ai passé ma vie à jouer.

Le théâtre m'avait toujours mise mal à l'aise. Je trouvais ça obscène. J'avais été choquée quand ma grande sœur nous avait annoncé vouloir devenir comédienne. C'était comme si elle avait proclamé : « Je veux être aimée » ou « Je veux qu'on me regarde. » J'avais pensé, *Comment elle ose ? C'est qui ma sœur pour croire que sa vieille tête, sa présence ou sa voix sont assez spéciales pour être mises en lumière ?*

Le premier exercice du stage avait suffi à me faire rendre les armes. Il avait fallu qu'on se présente sur scène à travers sa chanson préférée, son livre préféré et son film préféré. Ça paraissait simple mais je m'étais sentie démunie. J'avais eu envie de consulter les listes de chefs-d'œuvre à avoir cochées avant de mourir. J'avais réalisé soudain que j'étais vide. Depuis le collège, je n'avais fait que me remplir de l'opinion des autres. J'avais appris par cœur des phrases d'éditos engagés pour les recracher aux moments opportuns. Je savais me gommer et me réécrire à l'infini pour m'harmoniser à un nouvel interlocuteur. J'avais mille visages, je n'en avais aucun.

Quand mon tour était venu, j'avais dit ce qui me traversait l'esprit : *La Foule*, *Le Petit Prince*, *Titanic*. C'était passé comme une lettre à la poste. Pour le deuxième jour de stage, la professeure nous avait demandé de lire *La Réunification des deux Corées* de Joël Pommerat. Sur le site du Théâtre Nanterre-Amandiers, j'avais trouvé ça : « *La Réunification des deux Corées* est une mosaïque de vingt fragments du discours amoureux qui explore la complexité des liens humains, et plus particulièrement le mythe de l'amour. » En lisant ce livre, j'avais eu l'impression de voyager à bord d'un sous-marin dans les ténèbres amoureuses. Mon intuition était juste : le sentiment amoureux était un abîme insondable. La professeure avait imposé un rôle à chaque stagiaire. Elle m'avait attribué le rôle quasimuet d'Annie de la scène VI, Enceinte. J'étais donc Annie, une jeune femme internée en hôpital psychiatrique qui rejette les conseils de son médecin l'incitant à avorter. On avait eu une semaine pour monter la scène. Ça me rassurait de jouer une femme enceinte alors que j'étais vierge. Je me disais, *Quand je vais chercher la tristesse là, je suis sûre que les gens ne se doutent pas que je feins le vécu d'une histoire amoureuse, que je n'ai jamais eu de corps nu contre le mien. Ils me prennent pour une fille normale.* Désormais, je traversais bien prudemment sur les passages piétons. Être Annie plutôt que Maxine me donnait un corps et une raison d'être. Je ne voulais pas mourir.

À la fin de la semaine, j'avais reçu un accord d'admissibilité par mail. L'école présentait ça comme un stage-audition mais en fait tous les stagiaires étaient acceptés du moment qu'ils payaient. On avait eu deux jours pour donner suite et intégrer l'International-Music-Acting-School à la rentrée de septembre 2018. J'avais payé.

Désormais, je travaillerais au collège les lundis, mercredis et vendredis et j'essaierais d'avoir un corps les mardis et les jeudis.

Dans le bus bondé, je me ratatine sur mon portable. Je fais semblant de ne pas voir le pépé qui convoite ma place. Il est tout ramassé, sa tête, on dirait une noix. Je me lève mollement et inspire fort pour me donner une contenance. Le pépé me regarde et dit, Merci, de sa petite voix de vieux. Ça m'achève tellement ça sonne gentil. Une fois debout, je verrouille et déverrouille mon téléphone. J'aimerais pouvoir espionner les écrans tactiles de mes voisins mais ils brillent à cause du soleil. Je me rabats sur l'observation de leurs vêtements. Ma voisine de droite porte un chemisier à boutons. Je détourne le regard et respire un grand coup pour calmer la nausée qui monte. Les boutons de couture sont ma phobie. L'idée que les boutons du chemisier de ma voisine de droite puissent effleurer ma peau me révulse. Je n'ai jamais supporté la manière sournoise qu'ont les boutons de se glisser dans une fente surpiquée pour fermer un habit. Je préfère les fermetures éclair, bien plus franches et hermétiques. Zip zip, c'est radical.

À Ménilmontant, le bus ramasse les habitués du marché. Un monsieur commente très fort tout ce qu'il observe. Deux ou trois passagers se tordent le cou pour voir la tête qu'il a. À chaque arrêt, une nouvelle vague d'arrivants me pousse un peu plus loin vers l'arrière du bus et, chaque fois, je dois réestimer les cabas à enjamber, les corps à frôler et le temps qu'il me faudra pour atteindre les portes coulissantes de sortie. J'ai toujours eu peur que les portes se referment sur moi et d'avoir à crier : « La porte, s'il vous plaît ! » Le bus s'arrête à Père-Lachaise. Je me fraie un chemin en veillant à garder la tête dans l'axe opposé au chemisier à boutons. Je regarde mon portable. 10 h 15.

À l'angle de la rue Merlin, je reconnais Christophe, l'agent d'accueil, qui fume sa roulée devant l'école. J'exagère ma démarche de buffle. Christophe a un humour taquin, il lance des piques. La plupart des apprentis comédiens le chambrent en retour, ça marche bien. Il y en a même qui lui font des *checks*.

— Tu feras gaffe, Maxine, t'es en avance.

Je relève la tête et lui souris en mâchant un début de mot. Je n'ai jamais su répondre du tac au tac.

Je passe une tête par la porte de l'auditorium. Mes camarades finissent l'exercice de la boule. Ils doivent marcher en grappe sur le plateau, sans jamais rompre le contact peau à peau. Ils transpirent les uns sur les autres et certains ont enlevé leurs T-shirts. J'ai remarqué que les gens de théâtre ont un grand seuil de tolérance concernant les fluides et les odeurs corporelles. Je me glisse en douce au fond de la salle. Les élèves se répandent sur le plateau. Ils déroulent lentement leur colonne vertébrale, relâchent leurs épaules et décrivent de longs cercles silencieux avec leur tête. Ça leur fait ouvrir la bouche, bâiller, parfois même lâcher un râle libérateur. Je suis horrifiée. Ils malaxent leurs corps à tour de rôle, s'écartèlent les bras et les jambes, se labourent le dos avec les pieds, commencent même à pétrir la graisse de leurs cuisses. Pascale les accompagne avec la voix, elle parle de *raison organique* et de *conscience somatique*. Pour moi, ce jargon ne sert qu'à maquiller la vérité : les comédiens et les comédiennes ne pensent qu'au cul. Je voudrais leur hurler, Mais allez-y, baisez ! Ce n'est pas possible de se masser comme ça sans arrière-pensées, puis je me ravise. Je sais bien qu'ils ne pensent qu'à réveiller et à tonifier leurs corps. Ils sont à des années-lumière de ça, leur corps est un outil de travail, il n'y a vraiment que moi et mon cerveau de vierge pour tout sexualiser comme ça. Pascale allume les projecteurs. C'est la fin du quart d'heure d'expression corporelle.

Elle pose une feuille blanche sur la table. Je me lève pour me rapprocher de la scène.

— Inscrivez-vous.

Les élèves se ruent et notent leurs scènes. Une longue file d'attente s'improvise dans la petite fosse. Certains sautillent sur place comme les coureurs avant un sprint. Ça m'angoisse. *Platonov* dépasse juste ce qu'il faut de la poche arrière du jean de Bertrand. Je disparais dans mon fauteuil rouge. Je fuis les regards et fais semblant de réfléchir pour être invisible. Les élèves se regroupent par deux ou trois et commencent les messes basses dynamiques. C'est le cérémonial des italiennes, un rituel cryptique où les comédiens s'envoient leurs répliques platement, sans intonation, juste pour s'assurer qu'ils les connaissent par cœur. Il y en a qui pointent leurs mots à mesure qu'ils récitent.

Pascale appelle Charlotte et David au plateau. Ils vont présenter la scène de rupture entre Titus et Bérénice. Le silence se fait.

— Ah ! Cruel ! Est-il temps de me le déclarer ? Qu'avez-vous fait ? Hélas ! je me suis crue aimée.

Je sens que mon coeur mollit.

— Il était temps encor : que ne me quittiez-vous ?

Heureusement, Charlotte prononce Titus d'une voix tremblante de tragédienne et j'ai maintenant envie de rigoler.

— Seigneur, que tant de mers me séparent de vous ? Que le jour recommence, et que le jour finisse, Sans que jamais Titus puisse voir Bérénice, Sans que de tout le jour je puisse voir Titus !

Je me demande à quel âge Charlotte a fait l'amour. Je regarde autour de moi. Le silence est concentré comme avant un signal de départ.

Ce qui est bien avec les profs de théâtre, c'est qu'on peut observer leur dos pendant les cours.Comme nous, ils sont tournés vers la scène, les yeux face au spectacle. Pascale fait souvent jouer ses épaules avant de donner ses retours et d'évaluer une scène. Elle demande à David de ne pas jouer au bon acteur. Elle dit, Quand tu tournes la tête, je te vois répondre à la consigne « tourne la tête ». Moi, ce que je veux, c'est que tu t'étonnes de tourner la tête. Charlotte, t'es pas loin mais c'est encore coincé là-haut, c'est tout dans la tête, il faut que ça parte du ventre, du bas du ventre, tu vois ? Pascale a le don de cerner les gens. C'est à la fois flatteur et terrifiant.

Elle annonce la pause. Plusieurs élèves courent en chaussettes jusqu'aux toilettes, d'autres s'isolent dans un coin de salle pour répéter. Je suis le groupe des fumeurs pour m'aérer.

Bertrand et Quentin prennent toute la place dans les escaliers. Déjà, en cours, ils sautent sur le plateau quand Pascale propose une impro. Je note que Quentin a mis ses grandes bottes médiévales. Il les porte exclusivement pour « passer au plateau ». C'est comme ça qu'il dit. Christophe époussette le comptoir d'accueil. Derrière lui, deux hautes fenêtres habillées de rideaux pourpres entourent un buste de Molière. Je n'aime pas sa présence emplâtrée. Des élèves de troisième année sont déjà dehors. Ils fument sur le trottoir et jouent au jeu des accents. Qui fait le mieux l'accent québécois, qui fait le mieux l'accent créole, l'accent belge, l'accent chinois. Ça les fait rire fort. D'une manière générale, je trouve que les élèves comédiens se font plus facilement remarquer que les élèves musiciens. Thibault m'interpelle. Il me propose de travailler la scène « Valeurs 3 » dans *La Réunification des deux Corées*. La scène raconte l'histoire d'une femme déterminée à vendre son corps, qui finit par le faire gratis. J'accepte. Je suis flattée. Peut-être qu'il me trouve désirable.

À table, mémé a débouché une bouteille de bordeaux pour accompagner le civet de lapin. Aujourd'hui, c'est l'anniversaire de son Robert et c'était son plat préféré. Je revois mon grand-père s'éteindre dans la grande maison de Corrèze, déshumanisé par un Parkinson, mutique et malheureux avec son regard vide. Adair cherche à s'approcher de mémé pour l'enlacer de ses longs bras maigres, mais Simone coupe court à la tendresse et lève son verre en l'honneur de Robert. Toutes les trois, on se remémore ses anecdotes de taxi, les actrices célèbres qui exigeaient de monter à l'avant avec leurs grands chapeaux, ses potes portiers de nuit Au Lapin Agile qui lui graissaient la pince quand il leur ramenait des clients, son travail de repérage des quartiers à haut potentiel de développement qui leur avait permis d'acheter cet appartement et un studio à Clichy quand c'était encore abordable.

On parle aussi de cet étang qu'il avait construit, de sa manie de faire croire aux enfants qu'il y avait une baleine cachée au milieu. On parle de sa maladie, de comment il s'est enfermé dedans. Du jour où la présence d'une grosse pierre dans l'allée en contrebas de la maison de Corrèze qui empêchait les tracteurs de passer est devenue une obsession paranoïaque. Le menhir avait beau être planté là depuis toujours, il s'était persuadé que c'était un coup des voisins. À ses obsèques, notre oncle s'était tellement acharné contre la pierre malfaisante qu'il avait réussi à la déchausser puis à la hisser jusque dans le jardin, bien en face de l'étang sur la butte. Les cendres de pépé avaient été disséminées tout autour et mémé répète souvent que ça lui va bien comme pierre tombale, un menhir.

Fidèle à elle-même, Adair me cuisine sur mes cours de théâtre, Alors, vous avez fait quoi comme exercices ? T'es passée au plateau ? Tu bosses sur quoi ? Elle est comment la prof ? C'est quoi tes scènes ? Y a des mecs bien ? Mémé profite de la conversation, tout en détachant la chair de l'os de sa cuisse de lapin. Un peu intimidée, je leur annonce que Thibault m'a proposé le rôle d'une prostituée dans *La Réunification des deux Corées*. Simone et Adair ont un haut-le-cœur de rire, je vois leurs épaules soubresauter légèrement.

Adair raconte sa journée. Le metteur en scène exige qu'elle prenne des cours d'escrime pour les scènes de combat dans *Hamlet*. On imagine Adair exécuter les petits pas de mousquetaire avec un fleuret. Mémé dit, Ça va être laborieux, et cette fois on rigole franchement.

Mémé caresse ses gros genoux et nous regarde, souriante et silencieuse, comme si elle humait l'ambiance. Elle dit, Eh bien, vous savez ce que je vais faire ? On répond en chœur, Tu vas te retirer dans tes appartements ! Simone adore cette blague, c'est comme un petit rituel du soir. Adair et moi, on se débrouille toujours pour aller lui glisser un dernier bisou dans sa chambre. On aime la regarder, allongée de tout son long dans son lit hyper bordé. Elle tient son magazine excessivement proche de son visage à cause de ses yeux myopes et passe environ trente minutes à faire des mots fléchés avant d'éteindre sa lampe de chevet.

J'ai rejoint Adair qui révisait *Hamlet* sur le canapé-lit du salon. Ça m'émeut de la voir perdue dans la concentration. Adair aussi a foiré sa scolarité mais les profs l'aimaient bien, c'était un clown. Sa passion pour le théâtre lui a permis d'être bizarre et populaire à la fois. C'était « la grande qui fait du théâtre ».

À dix-sept ans, elle a préparé le concours du Conservatoire national supérieur d'art dramatique de Paris toute seule : trop timide pour demander des conseils, trop orgueilleuse pour les respecter. Au premier tour, elle a présenté la scène du fou dans *Le Marchand de Venise*, coiffée d'un bonnet de douche rouge à cornes de diable. L'une des membres du jury lui a avoué plus tard qu'ils l'avaient surnommée « le chien fou » et que la raie de ses fesses a été apparente tout au long de la scène. Adair avait passé ses trois années de conservatoire supérieur en apnée devant de jeunes adultes cannibales du plateau. Un jour, un mec de sa promo lui a dit : « Lis Tchekhov, ça te fera du bien. »

Certaines personnes ne devraient jamais faire d'école. Ça éteint le feu.

C'était bien ou pas ?

Je te faisais envie en fait ?

Donne-moi vingt dollars, s'il te plaît, avant de partir.

Je les vaux pas, vingt dollars ??

Sur la route du collège, je répète mon texte à voix haute. Le trac m'empêche presque de marcher droit. Toute seule, je teste les répliques, je tente des intentions de jeu, je prends des voix. J'oublie les conseils d'Adair : « Au théâtre, ne prends pas de ton, le thon c'est du poisson. » Je suis perdue. Demain, je décevrai Pascale.

À la grille, Petits Pas et Gus se papotent dans l'oreille. Ils font la même taille, c'est pratique. Je les salue et je commence ma ronde. Les collégiens sont regroupés par communautés de goûts autour des monuments de la cour : la grande jarre, la table de ping-pong en béton, les paniers de basket. C'est comme si ces endroits leur avaient été assignés par traité. Chacun son territoire. Les élèves de sixième se retrouvent tous les jours avec ce même enthousiasme pétillant que s'ils se revoyaient après les grandes vacances. Ils titubent, courent dans une direction, s'arrêtent, font volte-face, repartent dans une autre direction, s'agrippent pour se parler à l'oreille, se racontent des histoires bouleversantes. Ils ont l'air bourrés. Aucun élève ne vient me voir : les plus petits me craignent, les plus grands m'ignorent. Je ne suis pas une pionne populaire.

C'était bien ou pas ?
Je te faisais envie en fait ?
Donne-moi vingt dollars, s'il te plaît, avant de partir.
Je les vaux pas, vingt dollars ??

Je me vois déjà traverser la scène avec mon corps bâton et mes cheveux mal mis. En vrai, pourquoi je m'inflige ça ? Un borborygme monstrueusement sonore s'échappe alors de ma partie basse.

Ça sonne. Je tourne autour des élèves comme un chien de berger jusqu'à ce qu'ils se mettent en rang. La cour se vide. Mon collègue Luca marche contre le vent pour me rejoindre. Ses vêtements trop grands flottent derrière lui. Il ressemble à une frite gonflable publicitaire qui danse dans l'air. Pas de bavardage avec lui. C'est reposant. Quand il s'exprime, c'est pour dire des vrais trucs qui restent dans la tête. Un jour, il m'a avoué que quand il ne se sentait pas bien il regardait des vidéos violentes sur le darknet, des trucs hardcore genre décapitation, torture, pour voir jusqu'où il tenait avant de s'évanouir.

On quitte la cour en espérant que Courtinat a acheté des chouquettes. M. Courtinat sait se rendre indispensable. Il bondit et jogge après chaque mission, gravit les marches quatre par quatre comme un médecin urgentiste en intervention. Il est toujours gonflé à bloc avec ses pectoraux symétriques, pareils à deux poufs gonflables qu'il fait tressaillir l'un après l'autre quand il affronte un dilemme. Le collège est la continuité de son terrain de parkour. Parfois, pour calmer sa nervosité entre deux appels de parents d'élèves, il enchaîne dix tractions sur la pull-up bar qu'il a fixée dans l'encadrement de la porte du bureau.

Ce matin-là, il porte son costume bleu marine avec sa paire de basquettes blanches basses, toujours immaculées. Il n'y a pas de chouquettes. Luca est parti se chercher un café dans la salle détente. Je m'installe derrière le comptoir, dans l'unique fauteuil à roulettes qui fait parfois l'objet d'un combat silencieux entre nous. Deux élèves se présentent à moi. Ils sont arrivés à 8 heures alors qu'ils commençaient à 9. « Quand on se plante, on pousse », dit la plante verte du poster punaisé au mur derrière eux. Je prends les élèves en charge et leur ouvre la salle de permanence. Sur la plaque au-dessus de la porte, quelqu'un a graffé un « s » majuscule devant le « p » de « permanence ». La salle de spermanence. Je m'installe au bureau et je révise mon texte.

La Femme. — Je te faisais envie en fait ?

Tout de suite, mon ventre reprend ses borborygmes glougloutants. C'est comme si je pétais par le nombril. J'essaie de visualiser mes gaz se frayer un chemin dans mon tube digestif. J'ai l'impression qu'un corps étranger m'habite et essaie de me prévenir d'un danger imminent.

Boum Boum
Boum Boum

Le bruit devient de plus en plus régulier. Je pose mes mains sur mon ventre et m'accroupis sous le bureau. C'est ça, le trac ? Je respire cinq fois en murmurant, Je me détends, comme autrefois pour calmer mes nerfs avant les compétitions de natation. Les bruits se sont assourdis, je retrouve mon état normal. Je me hisse sur ma chaise. Les deux élèves étourdis lisent *Vingt Mille Lieues sous les mers* d'un air impassible.

Luca passe sa tête ronde et rasée dans la permanence. Il y a des convocations à distribuer. Je demande à Jérémie de prendre le relais de la surveillance et suis Luca dans les grands escaliers blancs et l'ennui des longs couloirs monochromes. Pour briser l'autorité des lignes droites infinies, Luca et moi avons mis au point un cérémonial de marches débiles : tels des soldats sur ressort, on prévoit, par exemple, d'exécuter un saut de cabri tous les six pas, la règle étant de ne jamais se dérober, même quand on croise des gens.

Un drame se joue dans la vie scolaire. Je reconnais les cris de Mme Pifk, une professeure de français qui vient à vélo et garde son gilet jaune de sécurité réfléchissant en classe. Elle dit qu'elle va appeler le rectorat, que la situation n'est plus tenable, qu'en vingt ans de carrière elle n'a jamais vu ça. Mme Pifk prend des goulées d'air après chaque parole. Chacune de ses phrases est une noyade dont elle s'échappe de justesse. Courtinat peine à la rassurer. Devant les ordinateurs, Petits Pas et Gus écoutent en silence, la main recouvrant la souris et l'index roulant légèrement sur la molette pour plus de vraisemblance. Le rapport d'incident de Mme Pifk est posé sur une des tours de rangement à dossiers suspendus. Je m'avance et lis à la dérobée :

Mercredi 25 octobre 2018
Madame Pifk
Professeure de français

Nous travaillons sur Le Misanthrope *de Molière. Les élèves sont studieux, l'atmosphère est à l'étude. Soudain, des bruits d'animaux se font entendre. Je m'arrête et demande le concours de la classe pour élucider le mystère. Les bruits semblent venir du fond de la classe. Je m'approche et constate que les bruits émanent de l'armoire en fer que je vide totalement. Rien. J'appelle Candice Bailleau, la surveillante. Elle me dit soupçonner une enceinte Bluetooth et décolle l'armoire du mur. On entend alors un objet tomber. Il s'agit en effet d'une enceinte Bluetooth qui diffusait des bruits d'animaux envoyés à distance par des portables. Je suis profondément attristée des cours que je vois au fil du temps dérangés, tronqués, atrophiés, accroissant ainsi le manque dans la scolarité des élèves studieux. Je suis accablée également que les mesures de la direction déjà nombreuses et exemplaires ne suffisent pas. Je ne peux toutefois laisser sans suite de tels agissements.*

J'aspire mes joues pour coincer mon rire. Je me souviens de la phrase de Courtinat pendant mon entretien d'embauche, Des enfants ici j'en ai quatre cent quatre-vingts, et je vous assure que je n'en ai pas besoin d'un de plus. Je me demande si je suis une adulte.

Petits Pas me fixe droit dedans. J'essaie de rentrer en connivence, mais rien. Elle a le regard opaque des statues de plâtre. J'aimerais creuser dans sa tête bouclée pour savoir ce qu'elle pense de moi. Luca pouffe discrètement après sa lecture du rapport d'incident. Petits Pas roule les yeux et sourit à l'envers, comme une mère dont le fils vient de commettre une petite bêtise. Luca a le droit de trouver ça drôle. C'est un garçon.

Je marche à grands pas dans le hall de l'International-Music-Acting-School pour avoir l'air pressée de faire quelque chose. Je passe en revue les annonces de casting punaisées sur le tableau en liège en prenant un air absorbé. L'idée de m'enfuir me passe par la tête mais Thibault m'interpelle. Il dit, Max viens, c'est nous qui passons juste après, j'ai négocié ça avec Pascale. Je m'exclame, OK ça marche !, d'une voix trop énergique pour être sincère et redescends à l'auditorium, téléguidée par le trac en répétant mon texte dans ma tête. *C'était bien ou pas ? C'était bien ou pas ?* J'enfile mon costume et patiente au fond de la salle. Je regarde la nuque inclinée de Pascale plongée dans ses messages. Je me demande à qui elle écrit. Derrière moi, Bertrand et Quentin s'essaient au « *You're talking to me ?* » de Robert De Niro.

Fin de la pause. Thibault me fait signe de le rejoindre sur scène. Il a l'air détendu, excité à l'idée de jouer. Je m'avance jusqu'au plateau d'un air faussement cavalier.

J'hésite à mettre mes mains dans les poches. Il faut à tout prix gommer mon trac. Comme ça si c'est nul, les gens se diront, *Peu importe, elle s'en fout, Maxine.* Je veille à ne jamais avoir l'air investie dans quoi que ce soit. C'est une technique de lâche, un rempart contre l'humiliation que j'ai développé à l'école pour me protéger des remarques et du regard des autres.

Les élèves se sont tus. Je gravis les trois marches d'escalier, me plante sur le plateau et m'accoutume aux projecteurs. Thibault et moi nous plaçons comme en répétition : lui en fond de scène côté jardin, moi à l'avant-scène côté cour. Pascale a sorti son carnet de notes qui déborde de prospectus de théâtres parisiens à l'identité graphique bien définie. Elle relève la tête. La pression monte. Je me sens devenir rouge timide.

Thibault (L'Homme). — Moi je vais te laisser maintenant je crois…

Pascale monte sur le plateau.

Maxine (La Femme). — C'était bien ou pas ?

Elle me fixe.

Thibault (L'Homme). — Ben oui…

Je devine son regard. Ça bloque un truc qu'elle soit si proche.

Maxine (La Femme). — Je te faisais envie en fait ?

Pascale coupe. Elle dit, Détends-toi, Maxine, et relâche tes épaules. J'opine frénétiquement et reprends aussitôt sans respirer.

Maxine (La Femme). — Je te faisais envie en fait ?

Thibault (L'Homme). — Bon j'y vais… Je te dis salut.

Maxine (La Femme). — Donne-moi vingt dollars, s'il te plaît, avant de partir.

Thibault (L'Homme). — Qu'est-ce que tu dis ??

Maxine (La Femme). — Je les vaux pas, vingt dollars ??

Pascale coupe. Elle dit, Non, si tu pars au quart de tour dès le début comme ça… Je réponds, Ouais, OK, OK.

Maxine (La Femme). — Je les vaux pas, vingt dollars ??

Pascale coupe. Elle dit, Maxine, mets du relief et l'engueule pas, c'est trop facile. Arrête de faire ton pitbull. Elle est tranquille la femme au début de la scène, elle est légère.

Je dis, Ah ouais grave, je vois. Je pose une main sur ma hanche et me cambre un peu. Je me sens fausse. Ça me donne envie de disparaître.

Maxine (La Femme). — Je les vaux pas, vingt dollars ??

Je guigne vers les gradins. Quelques visages brillent à la lumière des smartphones.

Thibault (L'Homme). — J'ai pas d'argent sur moi, comment il faut te le dire… ?

Pascale coupe. Elle dit, Attendez, on va essayer autre chose. Elle se détache les cheveux et commence à chalouper autour de Thibault. Je les vaux pas, vingt dollars ?? Sa silhouette roule sous la lumière, les gens se redressent dans les gradins. Elle dit, Tu vois, il faut que tu installes la séduction, le truc un peu félin, un peu coquin, tu vois ou pas ? J'acquiesce. Je sens la violence monter. Elle dit, Allez, Maxine, maintenant on va reprendre du début. Je me replace et j'essaie de marcher un peu. Je suis en nage.

Thibault (L'Homme). — Moi je vais te laisser maintenant je crois…
Maxine (La Femme). — C'était bien ou pas ?

Pascale coupe. Elle dit, Respire, pourquoi tu pars comme une fusée ? D'une petite voix faussement enjouée je dis, Ouais, mais carrément, je sais pas pourquoi ! C'est bon je reprends ! Je m'imite en train de galérer sur scène avec ma jupe courte et mes talons hauts, joue la carte de la fille maladroite pour bien m'humilier toute seule et être sûre que personne ne le fasse à ma place.

MAXINE (La Femme). — C'était bien ou pas ?

Pascale coupe. Elle dit, Ta sensualité, joue de ta sensualité. Ton corps, Maxine, ton corps, il est où ton corps ? Je sens ma mâchoire flageoler, alors je fronce tout ce que je peux de tronche pour colmater la honte qui monte, et me concentre sur le pull torsadé de Thibault.

MAXINE (La Femme). — C'était bien ou pas ?

Pascale coupe. Elle me dirige avec plus de fermeté maintenant. Elle procède souvent comme ça pour réveiller l'amour-propre d'un élève. Elle dit, Plus chatte, Maxine, plus chatte, sois plus chatte. Je veux voir une femme. Elle les connaît les hommes. Elle est satisfaite, elle a eu ce qu'elle voulait. Je dis, Ouais, pardon, je vois. Ma voix se fêle comme juste avant une crise de chiale. Pascale enchaîne. Elle dit, Tu vois t'as lâché un truc, tu viens de le faire jouir et tu sais que c'était bien pour lui et maintenant tu veux ton argent. Faut que tu trouves le truc un peu *horny*, un peu endormi, tu vois genre *cigarette after sex*… un peu comme après l'amour. J'explose. Je dis, Je t'emmerde, Pascale, c'est toi la pute, la pute lascive, tu veux quoi de moi, un accent titi parisien ? Tu veux de la gouaille, tu veux du rire gras ? Une pute qui a pris son pied, mais qu'est-ce que t'en sais d'abord, tu veux qu'on appelle Pommerat pour lui demander ? Ou la pute, on appelle la pute ? T'en connais, toi, des putes ?

Je prends un pupitre, l'éclate par terre. Une fois, deux fois. Thibault essaie de me calmer. Je le repousse et me réfugie dans les coulisses. Thibault ramasse le pupitre. Il dit, Ça va, c'est pas cassé. La salle est plongée dans le silence. Certains élèves se roulent une clope. Ils échangent des regards en léchant la bordure de leur feuille. On peut lire dans leurs yeux, *Ouah… c'est chaud, la gêne putain.*

Je trouve la sortie incendie. Je suis dehors. Je pleure dans la rue. C'est la première fois que je pleure dans l'espace public. Je m'affaisse sous le poids de la honte. Je ressemble à un basset dépressif qui flaire une piste.

Je dérive jusqu'au Père-Lachaise, me vautre sur un banc. Je suis mortifiée. J'ai envie de creuser un trou pour y enterrer mon smartphone. Devenir intraçable et disparaître incognito. Je me sens bizarre d'aller pleurer dans un cimetière. Je ne sais pas combien de temps je reste sur ce banc. Il fait presque nuit quand je me décide à rentrer chez mémé.

Je laisse glisser mon sac à dos dans l'entrée, bise ma grand-mère qui va chez le kiné et m'enfonce sur le canapé-lit du salon. En face de moi, Adair regarde des sketchs d'Andy

Kaufman sur son ordi, elle me demande d'un coup d'œil rapide si ça va. Je dis, Bof je suis passée au théâtre, c'était horrible. Adair pivote sur sa chaise mais ne bronche pas et attend la suite. Gros problème de féminité, j'arrivais pas à onduler. Pascale voulait que je sois poisseuse lascive ou je sais pas quoi, j'ai rien compris, elle est montée sur scène pour me montrer, tu imagines, elle était là à se pavaner devant toute la classe, trop fière de son petit corps souple, elle est trop conne, faut qu'elle redescende, elle a raté sa vie. Adair détourne les yeux et swipe son sourcil droit avec le bout de son pouce. Enfin bref, j'ai cassé un pupitre, je me suis barrée, j'en pouvais plus de leurs gueules d'acteurs avec leur anneau à l'oreille. Le pire c'est qu'elle est restée calme et bien élevée, Pascale. Aucune rancune, genre grand seigneur.

Un temps.

Adair me dévisage en tirant une grosse bouffée de menthe polaire sur sa clope électronique. Je déteste le glouglou que ça déclenche, ça me rappelle la pompe à salive chez le dentiste. Dans le brouillard mentholé, elle lâche, T'as tellement besoin de baiser. Elle insiste un peu sur le *tellement* et sa phrase claque dans l'air avec l'aplomb d'un pet sonore. Je joue la blasée, mais sens mes yeux se gonfler de larmes, alors je me lève et propose un thé. Adair dit, Non. Elle ajuste son casque audio et réenclenche une vidéo d'un coup de doigt sur la barre d'espace.

Dans la cuisine, j'allume la bouilloire et me concentre sur l'eau qui bout. Ça me rappelle quand je nageais en club espoir à Clermont-Ferrand. Ma spé c'était le pap, gros défouloir, chaque sortie de bras me donnait une impression de toute-puissance aquatique. C'était assez sensuel aussi, il fallait dérouler son corps à l'intérieur de l'eau, s'immerger pour se propulser puis s'expulser pour replonger en gardant les jambes bien serrées. À l'entraînement, j'aimais bien onduler dans l'eau le pull-buoy entre les cuisses, pour travailler le haut du corps. Le petit flotteur flashy venait me frôler entre les jambes au rythme de mes coups de bassin et la ligne d'eau se transformait en grande caresse masturbatoire. L'envie de faire l'amour faisait déjà partie de moi, mais quand j'entendais certaines filles dans les vestiaires parler de leur première fois comme si c'était un truc à rayer de leur *to-do list*, j'étais limite fière d'être vierge et de n'avoir rien perdu du tout.

Je me remémore d'autres accidents de désir, comme quand je m'asseyais sur les remous du jacuzzi en mode puissance aléatoire ou que je me contorsionnais sur ma chaise d'écolière pour exciter les chatouilles de stress provoquées par l'annonce d'une interro surprise. Je m'assois et sens mon désir cerner la zone et se resserrer.

Je m'arc-boute un peu en cherchant à aplatir mon sexe sur la chaise. Je voudrais ventouser le siège comme une pieuvre qui étouffe sa proie. J'écarte doucement les cuisses et sens mon sexe s'ouvrir en deux, mes lèvres se décoller moitement. Ma sœur a raison, j'ai *tellement* besoin de baiser. Il faudrait que je retourne sur YouPorn, mais je redoute le sentiment de vide qui vient après. Effacer l'historique. Aller se laver les mains dans le silence de la salle de bains. Ces soirs-là, c'est quelqu'un d'autre que je vois dans le miroir. J'ai toujours aussi mal sous l'aisselle gauche. Je l'écrase avec ma paume en massant en cercles jusqu'à ce que la douleur sous la peau disparaisse.

Boum Boum Chatte
Boum Boum Chatte

Je retiens ma respiration.

Boum Boum Chatte
Boum Boum Chatte

On dirait une ligne de basse techno.

Boum Boum Chatte
Boum Boum Chatte

Doucement, je baisse le regard vers ma braguette. Le beat bizarre émane de là.

Boum Boum Chatte
Boum Boum Chatte

Je reste immobile quelques secondes et discerne une note tremblante et lancinante. Un chant de machine aigu comme lors des arrivées de soucoupes volantes dans les vieux films de science-fiction. Je débraguette mon pantalon, le baisse à mi-cuisses et passe ma tête entre mes genoux pour regarder mon intérieur. Le son redouble d'intensité. Je reste coite, mes yeux se vident. J'attends la chute mais le son persiste : c'est dans le réel, ma vulve chante, elle flûte du son, c'est dans le réel, ça vibre jusque dans mes orteils. Je referme mes jambes. Le son s'arrête. Je les rouvre. Le son reprend. Je les referme. Le son s'arrête. Je les rouvre, le son reprend. Je me lève, je remonte mon pantalon et dévale les six étages de l'immeuble.

Je cours jusqu'à l'église Saint-Jean-Baptiste, passe la station Jourdain et déboule dans la rue de Belleville. Ça sent la friture, les gyozas et les nouilles sautées. Je slalome entre des mamies en cabas, une famille-poussette et une armée de tote bags. Je passe le bar à fanions, le trompe-l'œil *il faut se méfier des mots* avec le peintre suspendu flippant, les rats empaillés qui font de la boxe dans la vitrine d'Hygiène Premium, les images de chiots en 3D du Bazar de Belleville, je sens ma vulve se ranimer et reprendre son riff mélancolique à l'angle de la rue Rebeval. On dirait qu'elle pleure. J'ignore l'appel et continue de courir, mais la force magnétique de mon sexe me jette violemment sur la chaussée.

— Mais ça va pas ?!

Je manque de me faire renverser par une fourgonnette, lâche un vieux cri pathétique, me plie en deux pour comprimer mon bas-ventre et presse mon sexe avec mes mains comme s'il allait tomber. Je fais signe au conducteur que tout va bien et me précipite dans le restaurant asiatique Le Pacifique.

Je jette un coup d'œil rapide à l'aquarium rempli de carpes chinoises qui pipent l'air à l'entrée, puis fonce vers les toilettes que j'ai repérées au fond de la salle.

Enfermée à double tour dans les W-C, j'ôte mon jean et m'assois sur la lunette en calant mes coudes sur mes genoux comme si je me préparais à déféquer. Je scrute mon sexe qui se remet à pleurer aussitôt. Il dit, Je m'ennuie, je m'ennuie, je m'ennuie, c'est illégal comment je m'ennuie. Je ferme les yeux, serre les poings et secoue la tête avec frénésie comme pour me réveiller d'un cauchemar. Ma vulve me parle, comme le chandelier dans *La Belle et la Bête*, les animaux du *Docteur Dolittle* ou les jouets d'Andy dans *Toy Story*. J'ai l'impression d'être au cœur d'un générateur de contes Pixar qui aurait dérapé.

Je me liquéfie de l'intérieur. J'ai la sensation de disparaître ailleurs. Pourtant, je ne suis pas morte. Mon sexe reprend. Il dit, On doit baiser, c'est non négociable, je te laisse neuf jours, si rien n'arrive, on meurt. Je reste amorphe sur les toilettes jusqu'à ce que quelqu'un toque à la porte. Oui, pardon. Je zippe mon jean, tire la chasse, dépose cinquante centimes sur le comptoir, Merci au revoir. Je remonte la rue de Belleville jusqu'à la rue Piat au ralenti. J'ai le pas lourd et les yeux perdus sur mon ventre. Je me traîne jusqu'au parc de Belleville et vais m'asseoir sur les marches du théâtre de plein air en face de danseuses qui headspinent.

Je me ressaisis doucement.

Donc c'est une question de vie ou de mort. Donc il faut vivre. Donc il faut le faire. Je me dis, *OK*. Je me dis, *Je peux le faire. T'inquiète même pas*, my name is Maxine God of Sex. Je vais tous les niquer. Le gros de la cantine, mon voisin au visage pâle, les dealers de la place des Fêtes, Jérémie le pion *Into the Wild*, le serveur du Pacifique, le prof de yoga YouTube de ma sœur.

Il me faut un plan. Je pense, *Tinder*, et dévale les marches du théâtre plein air.

J-9. D'abord j'hésite, je trouve ça beauf. Je me réfugie sur l'un des dix onglets que j'ai ouverts au pif comme dix sorties de secours virtuelles. Je regarde la vidéo d'un Polonais qui fait propulser sa barque en roue arrière grâce à son moteur surpuissant. Je retourne sur l'application. J'avais zappé l'étape de la photo. Je tente un selfie mais n'assume pas le regard caméra. Je me prends à vue d'œil tout en mimant l'action de parler, le but étant de faire croire que je suis photographiée à mon insu. Rires étouffés de ma grand-mère qui me surprend depuis le couloir. Qu'est-ce que tu fabriques ? Je bégaie un truc puis essaie de lui expliquer le fonctionnement de Tinder. En gros, c'est comme une grande passoire qui filtre les gens, faut se valider avant de parler. Mémé Simone écarquille les yeux et allonge son petit cou vers l'écran. Elle dit, Ça me semble curieux ton histoire, et elle me raconte les bals rue de Lappe. On se retrouvait entre Auvergnats, c'est là que j'ai rencontré pépé. Elle me propose de me prendre en photo. Je suis mal à l'aise mais je dis, OK. Tu n'as qu'à te mettre à la lumière, juste là. Elle empoigne le smartphone et rouspète contre le tactile que ses doigts épais et râpeux n'arrivent pas à apprivoiser. Je me penche par-dessus son épaule. Je dis, Il faut effleurer, c'est magnétique pas mécanique, mais le mode selfie est activé et le visage ronchon de mémé en contre-plongée envahit l'écran. Je prends une photo souvenir puis l'aide à inverser le mode de prise de vue. Je m'assois sur le rebord du lit du côté lampe de chevet et regarde ma grand-mère debout dans l'embrasure de la porte. Son visage est pleinement concentré sur le rectangle de lumière bleue. Je lui demande si elle veut de l'aide mais ma grand-mère me répond, Chut. Elle est totalement captivée, je me force à ne pas grimacer. Les moments de silence partagés m'inquiètent un peu. Et si ma vulve se ranimait ? Est-ce que ma mémé entendrait ou est-ce que tout ça c'est seulement dans ma tête ? Est-ce que ma mémé a déjà regardé sa vulve ? Est-ce qu'elle lui a déjà parlé ?

Après un temps, elle me rejoint sur le bord du lit et me tend le smartphone d'un air accompli. Elle n'a pris qu'une photo. Je me trouve jolie et ça me perturbe. Je dis, Merci, mémé, elle est géniale ta photo, et ma grand-mère me tapote une caresse sur la joue. Elle se relève avec précaution pour ne pas appuyer sur sa jambe douloureuse, puis dodeline jusqu'à la porte qu'elle referme tout doucement sur elle. Je me retrouve face à mon profil Tinder. Je charge la photo en vitesse et je poursuis mon inscription.

Nom : Maxine
Âge : 25
Je suis un-e : Femme
À propos de Maxine :

J'hésite à taper « vierge », mais je m'abstiens.

À propos de Maxine : pionne
Ma chanson culte :
Montrez-moi : Hommes
Distance maximale : 20 km
Tranche d'âge : 18 – 55+
Afficher mon profil sur Tinder.

Instantanément, Tinder me propose Jordan, 25. Sous la photo il y a cinq signaux de couleur : une flèche en cercle jaune (Undo), une croix rouge (Dislike), une étoile bleue (Boost), un cœur vert (Like), un éclair violet (Super Like). Je regarde la photo de Jordan. Il est assis au bord du quai de Jemmapes et brandit une canette de bière. J'hésite, mon pouce s'agite devant les signes. J'effleure un i dans un cercle gris et le *à propos de Jordan* apparaît :

Jordan, 25
Data Analyst
À 3 km
Cherche CDI ou CDD pour relation émotionnelle, spirituelle ou simplement charnelle.

Je relève le *simplement charnelle*. Je swipe à gauche.

C'est un match ! Vous et Jordan avez indiqué que vous vous plaisiez.

ENVOYER UN MESSAGE
Salut Jordan, t'es libre ce soir pour boire un verre ?
CONTINUER À CHERCHER

Je swipe tout le monde. Wayne, 19, Zak, 23, Grégoire, 26, Samuel, 29, Niels, 34, Mourad, 27, Geoffrey, 40. Je les aime tous très fort d'un coup. Comme ils assument leur besoin de l'autre. Comme ils désacralisent le truc. Ça fait du bien, je les vois comme des mini-potes qui me susurrent, Mais allez, assume ton siècle, personne se rencontre sur un quai de gare ou au bord des lacs italiens. Je me revois débattre en soirée, perroqueter des phrases comme, Tinder, c'est le Ikea de la rencontre, le supermarché de l'amour. Ça faisait femme savante.

Jordan a répondu.

Salut Maxine,
Je suis libre demain. On n'est pas loin.
Tu vois Antenne 19, rue de Mouzaïa ?
20 heures là-bas, ça te convient ?

J-8. Six grosses fentes à pourboire sont creusées dans le plateau du comptoir d'accueil. Les prénoms des esthéticiennes sont collés juste au-dessus, imprimés bien lisiblement sur des étiquettes adhésives. Je me demande si ce sont leurs vrais prénoms. Clarisse, c'est la fente numéro 3.

Elle me demande, Maillot échancré, sexy ou intégral ? Je réponds, Sexy, car ce soir je vois Jordan. Chez Body'Minute, il faut annoncer son choix à voix haute dans l'espace d'attente comme dans les chaînes de restauration rapide. Je regarde Clarisse entrer sa commande dans l'ordinateur.

— Jambes entières ?

— Oui.

— Aisselles ?

— Oui.

Clarisse m'invite dans la première cabine. Elle dit, Installez-vous, je reviens tout de suite, et laisse la porte entrebâillée. Je retire mon jean et mon T-shirt, les plie en tout petit puis les dépose sur l'étagère au-dessus du miroir prévu à cet effet. Je m'allonge sur le matelas esthétique en essayant de ne pas déchirer le papier protecteur. Une fois sur le dos, je prends conscience des bruits de gong et de cours d'eau. Ça me donne envie de rigoler. Dans la cabine d'à côté, une femme parle de l'infarctus de son mari, il n'a pas eu les symptômes habituels, juste une grosse fatigue et mal de ventre, ils ont appelé le SAMU trop tard.

Je me sens vulnérable en culotte. Je pense, *Si mon sexe pleure, je n'aurai pas mon jean pour étouffer le son et tout Body'Minute sera témoin de sa complainte.* Des gouttes de sueur s'amassent sur mon duvet labial. Il me faut un plan.

Discrètement, je récupère mon portable dans ma banane et me rallonge sur le matelas en calant mon téléphone sous mes reins. Il se ventouse d'emblée à ma peau. Il est bien caché. Si mon sexe pleure, je prétexterai que mon portable sonne. Un coup de téléphone urgent qui m'oblige à partir en catastrophe. Je ferme les yeux. Je pense à la virginité. Je me demande si c'est pareil pour les garçons. Je suis sûre que des hommes vierges existent aussi et qu'ils se cachent quelque part dans les bois, habillés en treillis militaire. Tous les soirs, ils se retrouvent dans la même clairière, sur des chaises pliantes qu'ils disposent en cercle autour des restes d'un feu de camp. Ils ressemblent à deux cents kilos de viande coincés dans une cagette à fruits. L'ambiance est molle et paresseuse, seul le craquètement des basquettes d'un homme vierge qui s'échauffe en pas chassés rompt le silence. Tout à coup, quelqu'un émerge des buissons et les corps se dressent au garde-à-vous. C'est le vierge en chef. Il crie, Repos !, et se frappe-frotte les mains en leur souhaitant la bienvenue. Il rappelle rapidement les règles, la réunion dure une heure, il est interdit de couper la parole, il est interdit de divulguer sa cachette, il est interdit de donner son âge ou son nom de famille, il est interdit de mentir. Un grand blond au regard farouche et menaçant parle le premier, il dit, Bonjour à tous, je m'appelle Dwayne, je suis vierge… et tous de répondre :

— BONJOUR, DWAYNE.

Clarisse est revenue dans la cabine et prépare les bandes de cire chaude. Je crois que je me suis endormie. Je lève les bras et elle commence à m'épiler les aisselles. Je m'excuse d'être un gorille. Clarisse sourit poliment et me demande si j'ai déjà entendu parler de l'épilation à lumière pulsée. Je hoche la tête, mais je n'aime pas trop l'idée de devenir imberbe. J'ai commencé à me raser sous la douche à quatorze ans parce qu'il y avait piscine, pour avoir les jambes qui battaient l'air sur *I'm your Venus* comme dans les pubs Gillette et pour faire plaisir à ma mère. Pour elle, comme pour les esthéticiennes, une femme qui ne s'épilait pas était une femme qui ne se respectait pas.

Clarisse passe la lingette désinfectante sous mon aisselle gauche. Quelque chose accroche. En fouillant mes poils, elle découvre un dôme de pus. Sa bouche tire vers le bas. Elle dit, Aïe, aïe, il y a un abcès là, madame, c'est infecté, moi je ne suis pas médecin, je laisse comme ça mais il faudrait vider. Je m'excuse platement. Je me sens sale. Je suis en train de pourrir. Je repense aux six fentes à pourboire sur le comptoir de la réception. Je me demande à quel âge Clarisse a fait l'amour pour la première fois et si elle habite avec son copain. Je m'en veux de réfléchir comme ça, comme une psychopathe. Clarisse me demande si je suis déjà allée chez le dermatologue et si j'ai des problèmes hormonaux. Je lui dis que je prendrai un rendez-vous bientôt et que, pour la lumière pulsée, je vais y réfléchir.

Clarisse est raffinée et soignée. Elle a de longs ongles-griffes orange et bleu. Ses sourcils sont taillés comme des lunes et lui donnent un air merveilleux de conte. Je l'imagine se lever aux aurores dans un appartement très loin pour préparer son visage. Clarisse a nettoyé ma zone maillot avec un désinfectant doux. Elle a ensuite appliqué une petite quantité de talc autour de mon pubis. Je suis émue par la délicatesse du protocole. Personne n'a jamais pris soin de mon pubis avant. Je suis envahie d'une honte soudaine d'imposer mon corps aux yeux de Clarisse. J'espère que ma culotte est bien mise et que ma vulve ne dépasse pas. Je crains que mes lèvres soient trop bizarres, grosses ou difformes et que les esthéticiennes en parlent entre elles pendant leur pause de dix minutes. Clarisse me demande de me mettre en position grenouille et noue une lingette sous la bordure de ma culotte pour ne pas salir ma lingerie. Elle applique une petite quantité de talc autour du pubis, là où mes poils débordent. Je sens la chaleur me monter dans les joues. Je fixe l'horloge rose pâle et serre les mâchoires. Clarisse tartine la cire chaude. Ce n'est pas trop chaud ? Je réponds, Non. Elle attend que la cire refroidisse. Je ferme les yeux. Tout en maintenant ma cuisse, elle arrache la bande de cire d'un coup sec. Je me concentre sur ma respiration. J'ai peur que ma vulve se déclenche. J'inspire et expire longuement, pour garder mon pouls régulier. Je me répète, *Ma vulve ne pleurera pas. Ma vulve ne pleurera pas.*

Clarisse me demande si tout va bien et dénoue la lingette. Je suis prête.

J-7. J'exécute une série de trois pompes pour me chauffer et défie mon reflet dans le miroir. Au dernier moment, je mets du rouge à lèvres bien rouge. Je pense, *C'est bon pour séduire.*

Aux passages piétons, je me tiens discrètement aux potelets et longe les murs pour rester à distance du trafic. Deux mètres au moins. Mes pas pèsent lourd, ils s'ancrent dans le sol. J'ai l'impression d'avoir un explosif dans le sexe.

Adair a raison. Il faut que je baise. C'est même une question de vie ou de mort. Je me force à faire tourner cette phrase en boucle dans ma tête. C'est une question de vie ou de mort. C'est une question de vie ou de mort. Bientôt la phrase perd de sa substance et mon souvenir de la photo de Jordan se floute. Il ne devient qu'un objectif ou un niveau à débloquer.

Il est en retard. Je commande une pinte. Je me demande s'il a une bonne raison d'être en retard ou s'il le fait exprès parce que ça fait décontracté. Autour de moi, deux filles jouent à Puissance 4 et un groupe d'amis rigolent par vagues. Je sors mon livre mais relis la même phrase trois fois. Je bois une gorgée de bière. Un homme arbore un T-shirt CARPE THAT FUCKING DIEM. Ça me donne envie de rigoler et de pleurer en même temps. Jordan a quinze minutes de retard. Je pense à mon épilation sexy. J'ai honte d'être là. Je me lève pour partir, ce qui génère aussitôt un trémolo de soucoupe volante. Je toussote fort pour couvrir le son et me rassois en catastrophe. Je croise les jambes. Le son stoppe net. Je regarde furtivement vers les deux filles et le groupe de potes, mais personne n'a relevé. Je plisse les yeux vers le ciel à la recherche de caméras cachées dans la cime des arbres ou dans les gouttières. Je me dis, *C'est peut-être une vaste blague, un* Truman Show *pervers*. Je baisse les yeux. Jordan est là. Ah tiens, salut, je l'avais un peu oublié. Je me lève et tends une joue pour donner la bise de rigueur. Ça va, Oui et toi, Pardon pour le retard, T'inquiète c'est rien, Maxine c'est ça ?, C'est ça et toi Jordan c'est ça ?, C'est ça, D'accord. Jordan a l'air sympa et optimiste, ça me soûle. Je remarque qu'il porte un col en V. Je trouve ça trop propre et pointu. Il s'assoit et me demande si j'ai toujours habité à Paris, tout en retirant la bandoulière de sa besace Eastpak noire. Je mens. Je dis, Oui, j'ai toujours habité ici, et je joue avec mon dessous-de-verre pour me donner un air désinvolte. Il dit, D'accord, moi je viens de Nancy, c'est ma deuxième année ici. Il y a un blanc. Je pense à ma vulve. À ma vulve qui pleure. Il faut baiser. Je dois baiser. Jordan me demande si je veux autre chose. Je lui réponds, Viens on bouge, je sens que le courant passe bien entre nous. Jordan dit, Ouh là… Il dit qu'il est surpris, qu'il veut prendre le temps de la rencontre puis fait glisser le menu vers lui et le feuillette calmement des yeux. Je reste impassible mais je turbule à l'intérieur. Mes jambes dansent sous la table. Je sens mon corps s'impatienter, ça me donne envie de me bagarrer. Je m'approche du visage de Jordan et tente de l'embrasser. Jordan dit, Calme-toi, je lui dis, Allez, bébé. C'est alors qu'il se lève pour partir, Tu as l'air super sympa mais pardon ça va pas le faire. Je le regarde passer tranquillement la bandoulière de sa besace autour de son cou.

J'attends qu'il tourne à l'angle de la rue David-d'Angers, bondis de ma chaise et le piste jusqu'au métro Botzaris. Je saute le tourniquet et longe les murs à petits pas de crabe. Mes yeux oscillent de gauche à droite comme le balancier d'une pendule.

Le métro entre en station, je me glisse dans l'unique rame de la 7 bis et observe Jordan en diagonale, depuis une banquette. Aux heures de pointe, je ne choisis jamais les espaces bifrontaux du métro. Je refuse de m'asseoir à hauteur du sexe des gens qui se tiennent debout, accrochés aux poignées de plafond.

Jordan et moi sommes séparés par l'accordéon de caoutchouc qui permet au métro de prendre les virages.

Je l'espionne en parasite décomplexé. Il se tient droit et regarde son téléphone. Je suis sûre qu'il n'a que des applis de gestion de vie comme LinkedIn ou Google Maps. J'observe la façon qu'il a de faire tenir son portable en équilibre sur ses genoux grâce à son étui à rabat. Je le trouve charmant malgré son col en V. La 7 bis largue peu à peu ses passagers. Le visage de Jordan prend la couleur des éclairages. L'écran lui remplit le regard, il ne me sent pas l'inspecter jusqu'à ce que le trémolo de soucoupe volante lui fasse doucement relever la tête. HAN. Là, il m'a vue qui le dévisage en écartant subtilement les jambes. Jordan sursaute et se cramponne à son sac. Il détale pour se coller à la porte et me lance un petit regard de biais. Quand les portes s'ouvrent il se précipite hors de la rame en direction de la sortie avenue Jean-Jaurès. Je lui cours après en hurlant, S'il te plaît, Jordan, les gens nous regardent, Jordan. Les gens s'arrêtent, c'est théâtral. Jordan me dit, Lâche-moi, mais je lui agrippe l'épaule et le plaque contre une pub Bleu Chanel. Je me frotte contre lui et lui susurre, Laisse-toi faire. Je cherche sa bouche mais ne trouve que ses yeux. Ils me fusillent, entre la peur et le dégoût. On dirait qu'il a la nausée. Je fais deux pas en arrière. Je dis, Pardon vas-y, vas-t'en, et m'enfuis en courant, dissimulée sous ma capuche. Je remonte l'avenue Secrétan et navigue entre les passants d'un pas sportif mais maladroit. Mes yeux n'osent pas quitter le bitume. Il y a des chewing-gums fossilisés, un sticker Panini de Paul Pogba, des petits filtres de roulées écrasés, des tickets de caisse. Rue Manin, une voiture klaxonne un groupe d'hommes qui sort des Buttes-Chaumont. Ils sont hilares, pompettes, braillent *Stay Another Day* des East 17. Un couple bras dessus bras dessous clôture la marche, le grand blond caresse discrètement la poche Levis fessière de son copain. Je les dévisage et sens monter la jalousie. Ils ont l'air d'avoir tellement baisé.

J'essaie de comprendre ce qui brouille mon entrée dans le monde du sexe. Je pense à Odilon, le seul homme avec qui j'ai failli faire l'amour cet été. C'était le 15 juillet. J'avais accepté de rentrer dormir chez lui après la victoire des Bleus en finale de la coupe du monde. J'avais peur qu'il soit prétentieux car il portait un chapeau, mais il avait fait preuve d'autodérision, avait raconté des anecdotes drôles que je n'avais pas eu envie d'oublier comme la fois où il avait été pris en stop par des curés alors que son sac empestait la beuh. Odilon était subtil même s'il parlait trop de son ex dont il faisait semblant de ne plus être amoureux. J'aurais voulu qu'il s'en tienne à ça, raconter des anecdotes, au lieu de basculer vers la séduction avec des regards appuyés et des considérations philosophiques. Dans l'appartement, on avait continué à discuter en buvant une bière, puis Odilon avait recommencé ses regards et enlevé son T-shirt. Sans trop savoir pourquoi, je lui avais alors dit que j'étais vierge et Odilon avait pris peur et s'était dé-chauffé. Il m'avait observée comme une espèce de figure intouchable, la Vierge Marie ou une femme enceinte. Il s'était excusé, m'avait dit que ça avait été chouette mais que voilà, il ne préférait pas, et s'était enroulé dans ses draps. Odilon n'avait pas eu envie d'être ce visage que je n'oublierais jamais. Le visage de ma première fois. Il s'était endormi rapidement et j'avais passé le reste de la nuit à compter ses chapeaux de cow-boy soigneusement accrochés au mur sur une ligne horizontale. Au fond, j'étais soulagée. Ce soir-là, j'avais compris que les vierges faisaient peur aux queutards romantiques qui veulent tirer un coup le samedi soir.

Il doit être 22 heures quand j'arrive à l'appartement. J'entends mémé ronfler et le canapé-lit n'est pas défait. Adair n'est pas encore rentrée.

Je m'effondre sur mon lit et prends ma tête entre les mains. J'ai agressé quelqu'un.

Je ne vais pas bien. Baiser c'est pour les gens heureux. Je n'ai pas cette ambition. Peut-être qu'il vaut mieux mourir.

J-6. Je me suis réveillée tôt. Je n'ai toujours pas fait l'amour. J'hésite à rallumer Tinder mais une multitude de petits Jordan affolés colonisent ma tête. Je m'écrase les sourcils en me refaisant le film de la soirée d'hier. J'imagine l'appel à témoins et mon portrait-robot dans le journal avec cette légende : LA FROTTEUSE DU MÉTRO. Âgée d'environ vingt-cinq ans, la femme est de type européen, de corpulence normale et mesure environ un mètre quatre-vingts. Elle est vêtue d'un pull à capuche et d'un jean noir. J'ai besoin de me défouler.

Je me brosse les dents et fourre mes affaires de piscine dans le vieux sac d'EPS d'Adair stocké en haut de la penderie. Ce sac est défoncé mais il a une valeur sentimentale fétiche car les déformations d'acronymes inventées par Adair au collège sont toujours incrustées dessus au blanco. URSS : Unions des retraités sans sexe. OPEP : Organisation des pets exportateurs de puanteur. Je reste quelques secondes sur le palier, le visage tourné vers ma braguette. Tout est calme.

Je décide de changer de piscine. Georges-Hermant, c'est trop proche du bar d'hier et je me sens incapable de socialiser avec les autres habitués. Je choisis l'espace Pailleron, de l'autre côté des Buttes-Chaumont. Au moins, là-bas, je ne connaîtrai personne.

Ça me fait bizarre d'être dans un parc si tôt le matin. Il n'y a que des joggeurs et des chiens urbains minuscules. Je me sens coupable de sécher les cours de théâtre mais je dois baiser et rester en vie. Je me trouve un banc. Je regarde les chiens. Ça me rappelle mon après-midi humiliante de dog-sitter où je m'étais fait promener par un caniche à poil long. Chaque fois que je tirais sur sa laisse, il faisait semblant de s'étrangler, un peu comme s'il éternuait à l'envers.

Je ferme les yeux et bascule dans une rêverie. Je m'imagine en train de dévaler la pente des Buttes. Je siffle, mais aucun chien n'accourt. Au bout de ma laisse, il n'y a plus qu'un collier orné de sequins qui forment le mot V.I.R.G.I.N.I.T.É. Je me rassure : ma chienne est pucée et bien dressée, puis de toute façon, ça arrive tout le temps, elle n'a pas pu partir trop loin. Je m'arrête sur le pont des Suicidés.

— Excusez-moi, madame, monsieur, j'ai perdu ma chienne Virginité.

Les braves gens me prennent en pitié.

— Quelle race ? J'ai vu un caniche vers le kiosque.

Je m'inquiète de plus en plus. Je parcours les espaces crottes et arrache la guitare sèche d'un jeune gars à l'allure d'elfe qui chante dans l'herbe les yeux fermés.

— Virginité, Virginité, j'ai perdu ma Virginité.

— Ah, désolé, putain ça craint, mais promis je t'appelle si je la vois.

Je bafouille et m'époumonne dans ma panique. Je m'accoude sur la rampe d'un terre-plein pour reprendre ma respiration.

— VIRGINITÉ !!!

Ça réveille les amateurs de qi gong.

— OÙ ES-TU ? REVIENS, VIRGINITÉ !!!

Je ne retrouverai jamais ma chienne.

Un groupe de lycéens rigolent en passant devant moi. Ça me tire de ma rêverie. Je sens leurs regards de biais. Si ça se trouve, j'ai parlé toute seule. J'attends qu'ils s'éloignent un peu, quitte mon banc et sors du parc des Buttes-Chaumont avec un sentiment de honte au creux du ventre.

Je m'isole dans une cabine. Tout doucement je me dénude et épie mon sexe aux aguets du moindre vagissement.

Tout est calme.

Je serre mes pensées sous le bonnet de bain. Grâce à l'épilation sexy, je n'ai pas besoin de ranger mes poils pubiens dans mon maillot. Je regarde mon dessous de bras. Une petite zone de poils couvre l'abcès. C'est dégueulasse. Je traverse le tunnel de douches et accède à l'espace bassins. Une maître-nageuse somnole au soleil depuis son trône de surveillance. Il n'y a pas grand monde. Je rase les gradins jusqu'à la partie profonde du bassin de nage. Je m'arrête, décontenancée, devant l'enseigne du local à matériels :

LOCATION DE QUEUES

Je me rapproche pour lire un des flyers du présentoir. Il s'agit de monopalmes et de queues de poisson géantes pour les cours de sirène du mercredi soir. Ah OK. J'ajuste mes lunettes et me hisse sur le plot de départ numéro 1. Je bascule mon poids vers l'avant et me catapulte gracieusement dans l'air, les bras en flèche au-dessus de la tête. Je transperce l'eau, me cambre légèrement pour prolonger la coulée sur plusieurs mètres et attaque un crawl hyper nerveux. Telle une anguille en fuite, je talonne les autres nageurs puis me rabats brusquement devant eux. J'enchaîne les longueurs, repousse le mur un peu plus fort à chaque culbute. Je provoque une espèce de contre-courant à moi toute seule, chaque plongée de bras est un coup de poing contre le souvenir du visage affolé de Jordan. Je transpire, mais ne crains pas de puer. C'est l'avantage avec la piscine. Seul le feu sur mes joues trahit l'effort.

Après quatre cents mètres de crawl, je fais la planche sur une longueur, dérive dans ma ligne d'eau entre les chaînes de flotteurs multicolores puis disparais sous l'eau pour explorer les fonds de piscine. Je remonte fièrement des clés de cadenas et un piercing à la surface, en me racontant que j'ai accompli une mission. Je replonge aussitôt et nage en dauphin jusqu'au fond, là où c'est froid et dégagé. Je profite du bruit sourd de l'eau pour meumeumer des airs de chansons connues. Ça me rappelle les vacances d'été avec Adair, quand on jouait à chanter sous l'eau. Il fallait rester immergée plusieurs secondes et deviner ce que l'autre chantait dans sa bouche. Parfois ça générait des disputes. Je refusais de croire qu'Adair ne reconnaissait pas l'air de *Tu trouveras* de Natasha St-Pier derrière l'émotion que je mettais dans mes MMM… MMMM.

Je remonte à la surface pour respirer puis réondule au fond de la piscine. Je me couche sur le dos, mouline des avant-bras pour rester bien collée au carrelage, tire ma langue en formant un trou de donut, puis expire tout l'air contenu dans mes joues en ravalant ma langue d'un petit coup sec. Je regarde le cerceau d'air disparaître à la surface. Un jour, mon cerceau sera assez grand pour que je puisse nager à travers. J'ai vu ça dans une vidéo. Je remonte une dernière fois à la surface pour respirer et m'accoude à la margelle pour me reposer. Je trouve l'endroit au-dessus de la buse de refoulement, là où il y a un petit contre-courant. J'écarte un peu les jambes et fais doucement venir la musique. Le son me paraît plus lointain, comme ouaté par le volume d'eau. Je suis bien. Je remonte la tête et croise le regard de la maître-nageuse. Elle porte un T-shirt blanc et un short de sport rouge. Je replonge vers ma ligne d'eau et reprends mes longueurs de crawl. J'essaie de fluidifier mon style de nage, prolonge mes coulées en m'efforçant de masquer mon essoufflement. Arrivée au bout de la ligne d'eau, je pose mes pointes de pied sur la marche de repos et me retourne vers le bassin de nage. La maître-nageuse parle à un nageur taillé comme un Doritos au stand de queues de sirène. Dans les autres couloirs d'eau, des pépés et mémés nagent la brasse coulée. Je regarde leurs bonnets de bain surgir hors de la surface de l'eau, puis disparaître dessous. Je m'imagine les taper à l'aide d'un marteau en plastique géant comme au jeu de la taupe. J'observe le trou noir béant formé par leurs bouches lorsqu'ils prennent de l'air. Je trouve qu'ils manquent de pudeur. Je réalise que toutes ces bouches flétries ont déjà soupiré d'extase. Ça m'accable. Je me hisse hors de l'eau et me dirige vers les vestiaires sans un regard vers le bassin ou les gradins.

Je remonte le sèche-cheveux mural et m'approche du miroir. Mes yeux sont rouges, injectés de chlore. Mes cheveux filasse s'aplatissent sous mon peigne. Le sèche-cheveux me brûle le crâne. J'ai toujours été jalouse des filles aux cheveux courts et bouclés.

Je marche jusqu'au canal de l'Ourcq. Je me trouve un banc en face de l'eau. D'ici, je peux pleinement m'adonner à mon activité préférée : regarder les gens. J'essaie de deviner ce qui relie les bandes d'amis entre eux. J'observe les rondes de flirt autour d'un jeu de Kubb ou d'une partie de pétanque. Un groupe de trois hommes se retournent sur une femme qui court en legging et la sifflent. Je l'envie. J'ai honte de l'envier. Un type équipé d'oreillettes Bluetooth semble parler tout seul. Il porte une cravate. Je me demande à quoi ça sert. Peut-être à indiquer la direction du pénis. Une autre femme attire l'attention des trois hommes. Du blush rehausse ses pommettes, elle porte des chaussures à talons, a relevé ses cheveux en un chignon serré et s'est brossé les sourcils vers le haut. Tout en elle s'élève vers le ciel. Le groupe d'hommes la suit des yeux, comme au tennis. Ils valident son allure, l'interpellent, s'octroient des commentaires graveleux. Elle ne se retourne pas. Je pense à Guy Georges, le tueur de l'Est parisien. D'après les journaux, ses sept victimes étaient « très belles, respiraient la joie de vivre et reflétaient cette assurance, cette réussite qui lui manquait ».

J-5. J'ai la tête dans le chariot de courses. Je tente de coincer le filet de pommes de terre entre la brique de jus d'orange et le pack de dix rouleaux de papier-toilette en promotion. J'entends Adair soupirer, Putain on a encore perdu mémé. Je laisse les patates se placer à leur guise. T'inquiète, ma sœur, elle est chez le poissonnier je suis sûre. On se traîne, nonchalantes, jusqu'à l'étal. Comme d'habitude je suis happée par les mentions : EXTRA-VIERGE des bouteilles d'huile d'olive. J'observe les gens qui observent Adair. Un jour, un réalisateur lui a dit qu'elle avait un « physique de caractère ». Cet argument était censé justifier qu'il lui avait préféré une autre actrice moins grande et moins étrange pour jouer une jeune reporter de guerre. Il n'y a pas de grand-mère au stand poisson, mais un jeune père coiffé comme Jacquouille la Fripouille, qui demande à sa fille si elle préfère manger du lieu ou du cabillaud. L'enfant répond, De l'espadon comme la semaine dernière. Adair et moi on échange un regard.

Je sais que ni elle ni moi ne connaissons la différence entre le cabillaud, le lieu ou l'espadon. Comme notre père, on sèche minablement sur les connaissances de base. Pour nous ce qui nage c'est du poisson, pané ou pas, voilà. Le potiron et le potimarron c'est la même chose, pareil pour le navet, le panais et le topinambour. Ça attriste notre grand-mère et exaspère notre mère. On continue notre recherche.

Tout au fond du supermarché, Adair a repéré l'aigrette d'un béret orange qui flotte au-dessus de l'îlot fruits et légumes. Elle dit, C'est bon je la vois elle est là, et on s'avance vers les gondoles de fruits. Je me crispe. Simone est en pleine conversation avec Mme Bonjour. Je ne l'avais pas croisée depuis la fin de mon job d'été à la boulangerie. Deux mois infernaux où il m'a été impossible d'empaqueter correctement un flan et d'adopter le ton et la posture de vente, le « Madame bonjour » commercial. Pendant le service, je rêvais de m'asseoir dans un coin pour observer les autres vendeuses à la chasuble parfaitement repassée qui dansaient, confiantes, entre les commandes. « Et avec ceci ? » Ça paraissait si simple. Adair débarrasse Simone de ses végétaux et je salue Mme Bonjour. Mme Bonjour n'a pas l'air embarrassée. Je me dis qu'elle n'a sûrement jamais repensé à moi depuis le 31 août, fin du contrat, que l'éternel ressassement des souvenirs est définitivement un truc d'intello égocentrique. Il y a la queue aux caisses humaines mais Simone boycotte les caisses en libre-service. Souvent elle dit, De quoi ça a l'air, et râle contre l'automatisation du petit quotidien. Simone paie tout à part le tofu et les steaks végétariens d'Adair.

— Merci, merci infiniment !

Mémé remercie toujours tout le monde *infiniment* comme si on venait de la gracier.

Avant de sortir, on s'arrête au Photomaton. Simone a besoin d'une nouvelle photo d'identité pour son passeport. Elle me tend sa canne et demande aux deux boules de jogging qui squattent la cabine d'avoir l'amabilité de vider les lieux. Pardon, madame. Adair aide Simone à se hisser sur le tabouret unijambiste. Mémé le recouvre entièrement, on dirait une poire en équilibre sur sa tige. Elle sort un billet de cinq euros. Aide-moi, ma reine. Adair glisse le billet dans la fente.

La voix dans le Photomaton ordonne de se tenir droit, de régler la hauteur du tabouret, d'enlever ses lunettes, de dégager son cou, de garder les oreilles apparentes, de conserver une expression neutre, de fixer l'objectif. Mémé enlève ses lunettes. Elle dit, Bon, maintenant je ne vois plus rien. Je passe ma tête à l'intérieur pour vérifier. Mémé est hors zone sur l'écran. Je l'aide à déverrouiller le siège pour que son buste embrasse les contours du portrait type. Mémé se tient droite en étirant le plus possible son mini-cou. J'appuie sur le bouton vert et rejoins Adair derrière le rideau.

Il y a un flash.

Adair passe sa tête pour voir la photo. Mémé a le regard torve, sourcilleux, on dirait une évadée de prison. Adair s'exclame, Bouge pas, mémé, t'as d'autres essais, mais mémé a déjà remis ses lunettes.

— Ça fera l'affaire, ça fera l'affaire.

Elle reprend sa canne et part faire ses petites courses rue de Belleville. Sur sa liste, des accras de morue et une tourte auvergnate. On attend l'impression des photos. Le vieux voisin rageux du troisième nous grille la priorité. Il a acheté une demi-baguette. Mémé dit souvent que c'est ça le plus dur dans la vieillerie, manger tout seul.

La photo est tombée.

On se moque de la tête de Simone et on tire les courses du supermarché vers l'immeuble. On s'arrête une minute devant la galerie d'art contemporain de la place Hannah-Arendt. C'est très blanc et presque vide, les œuvres d'art ressemblent à des assiettes de fin de repas. Je regarde les visiteurs de la galerie comme je regarderais des poissons exotiques dans un aquarium. On a les mêmes yeux, pourtant je sens qu'ils ne voient pas la même chose que moi. Adair me surprend en flagrant délit d'espionnage. Elle dit, Viens on y va, ça a l'air nul, et on continue à avancer.

L'accès à la cour d'immeubles se fait par un tourniquet anti-accès motorisé. La signalétique indique que les robes triangle à poussette sont autorisées à passer. Je repense à Fleur-Lise dans sa robe à fleurs. Je me demande si le bébé est né.

Adair vide la boîte aux lettres et me rejoint dans l'ascenseur. On croise nos reflets dans le miroir. C'est le seul qui nous permet de nous voir en entier. Adair le réquisitionne parfois pour essayer des tenues. Elle dit, C'est chaud nos gueules, mais je lui dis de pas s'inquiéter, Les lumières d'ascenseur ça amochit exprès. Dans le reflet, on remarque un mot scotché au mur. Il est signé par le syndic de l'immeuble. Une histoire de changement de porte et de *diagnostic-sécurité*. J'arrache l'annonce, je dis, Putain qu'ils pètent un coup, et Adair fait, Non c'est normal, imagine si mémé se faisait attaquer. Je ne sais pas quoi répondre, alors on se tait jusqu'au sixième. Je tripote le mot : quelque chose est inscrit au verso.

PLAN CUL 00 8 67 65 01 93

C'est écrit au stylo rouge d'une écriture drôlement pointue. Je croise mes jambes pour retenir mes pleurs éventuels. Voilà précisément le genre d'information qui peut réveiller mon sexe vierge. Je suis choquée de trouver ça ici, dans un immeuble de retraités et de familles fonctionnelles. Je mémorise le numéro et me chuchote pour moi-même, Ce soir je le texte.

Salut, tu cherches un PC ? Je rentre le numéro de Plan Cul, clique sur « envoyer » et éteins mon téléphone pour la nuit. Demain, J-4. Je retire mon jean et ma culotte et m'assieds en boule sur mon lit. Je dégage mes poils du dessus avec la main et détaille ma vulve. J'en suis le contour avec mon doigt, discerne les lignes et les bombements. Je trouve ça beau et cool, on dirait un paysage sismique. Jusque-là, c'était juste un truc mou et moite, carrément ça n'existait pas. Je lâche mes genoux pour plaquer ma touffe et mieux discerner mon clitoris. J'essaie de deviner comment ça se prolonge à l'intérieur. Quand ma main passe au-dessus de mon sexe, une note cosmique électronique casse le silence de la chambre. Je retire ma main. Le son cesse instantanément. Je prends une longue inspiration et réapproche ma main de ma vulve. Dès que ma première phalange pénètre la zone magnétique, l'ovni sonore rejoue sa note de thérémine. Je suis happée par le son et laisse planer ma main dans l'espace vide des ondes sonores. Je courbe un peu la paume et le son vacille légèrement. La note s'affine et s'angélise, ça fait moins soucoupe volante. Je forme un « o » avec mes doigts et ça déclenche un son inouï. Le son du doigt qui fait chanter le cristal. Je caresse doucement le point d'air pour ne pas casser la note. Avec mon autre main, j'ondule le volume sonore, plus je m'éloigne plus ça augmente. Je suspends un temps ma pose et fais virevolter mon « o » pour créer un effet de trémolo. Ça marche trop bien, alors je prends un air gonflé de chef d'orchestre satisfait. Le son triple de volume. J'exulte. La télévision s'est éteinte et Adair a déplié le canapé. J'entends les petits pas de mémé qui va se coucher. J'attends les ronflements puis repose ma main sur ma vulve. Le son est imperceptible. Je continue de jouer jusqu'à, tout doucement, glisser dans le sommeil.

J-4. C'est le jour des photos de classe. Un photographe professionnel, le même que l'année dernière, a installé son matériel de studio dans le parloir. Bientôt, toutes ces grappes d'enfants du collège Rivalier, que seules l'année de naissance et l'adresse postale réunissent, seront figés ensemble pour l'éternité. Je lis et relis mon message envoyé hier soir à Plan Cul.

Salut, tu cherches un PC ?

Je trouve ça bourrin. Je regrette l'époque victorienne où on s'envoyait des lettres sucrées et pleines de promesses implicites. Je me verrais bien galoper à dos de cheval dans un petit bourg anglais du Hertfordshire, une lettre d'amour coincée dans mon jupon. *Salut, tu cherches un PC ?* C'est fade et déprimant.

Cette année, l'équipe de pions est chargée d'une mission : créer un fichier organigramme spécial vie scolaire avec tous les portraits des collégiens. M. Courtinat a descendu un ordinateur de la salle techno pour l'occasion.

On appelle Gabriel Domas au tabouret. Luca va chercher un coussin rehausseur et Gabriel travaille sa pose. Il relève un peu le menton, plisse les paupières, regarde de biais. C'est la pose préférée des collégiens. Luca tente un *ouistiti* mais Gabriel demeure imperturbable et toise la webcam. Je clique sur l'icône caméra. Gabriel se lève et quitte le parloir sans un mot.

Soudain, des voix tendues résonnent dans le hall. Le photographe nous regarde pour savoir comment réagir. Luca et moi sortons du parloir. Des élèves de quatrième 1 Option Internationale Baccalauréat Arabe essaient d'entourer Mme Montaigne, leur prof d'histoire-géographie, mais elle s'échappe du cercle en articulant ses phrases comme si elle scandait une dictée, Nous sommes dans un édifice public, ici on dépend du principe de neutralité, arborer un autre drapeau que celui de la France est contraire aux valeurs républicaines. On s'approche de Petits Pas et Gus qui commentent le spectacle à voix basse derrière leurs mains en cornet. Mme Montaigne refuse que les élèves posent avec des drapeaux algérien, tunisien et marocain pour la photo *fun*. Courtinat tempère avec les mains. Il voudrait trouver un drapeau bleu blanc rouge dans la réserve pour équilibrer. Mme Montaigne lève les yeux au ciel et Luca part fumer une cigarette.

Une élève pointe la directrice adjointe qui a bondi hors de son bureau situé de l'autre côté du hall et trace une ligne droite jusqu'à nous. Ses talons résonnent, on dirait deux poules mécaniques qui picorent le carrelage à tour de rôle. À sa vue, les élèves baissent la tête comme s'ils savaient déjà que c'était cuit. La directrice adjointe impose le silence, écoute les arguments de Mme Montaigne et tranche sans vaciller : cette année, les élèves de quatrième 1 seront privés de photos *fun*. Je me demande si Mme Montaigne aurait interdit à Gwenaël Le Guillou de poser avec un drapeau breton ou à Ben Pickford de poser avec l'Union Jack.

Ça sonne 11 h 15. Je me poste devant le réfectoire et fais passer les élèves par groupes de dix.

— Bon appétit ! Bon appétit !

Les élèves défilent sans vraiment me voir. Je suis le dernier barrage avant le seul objectif facile de leur journée : manger. Dans la cour, Luca discute avec Rocco, un élève de troisième 2 avec qui on s'entend bien. L'année dernière, il a déposé une assiette de crêpes et un pot de confiture de myrtilles à la vie scolaire le jour de son anniversaire.

Luca me fait un pouce depuis la cour. C'est le signe que tous les demi-pensionnaires sont passés. À mon tour, je vais pouvoir aller manger. Comme les collégiens, je fais glisser mon plateau sur la rampe et hésite entre des œufs durs mayonnaise ou des carottes râpées. J'ai l'impression d'être une perpétuelle redoublante. Je m'installe à une table de quatre, en diagonale de la dame du CDI. Petit sourire. S'installer en diagonale permet d'esquiver la conversation. « Bon appétit » restera notre seul échange du repas. Derrière moi, sur une table de quatre, des accompagnants d'élèves en situation de handicap s'attendent les uns les autres avant de migrer ensemble jusqu'à la salle détente où se trouve la machine à café. Je les salue en même temps que j'accroche mon manteau sur le dos de ma chaise. J'étais assise en face d'eux pendant le pot de prérentrée du 31 août. En bavardant, on s'est rendu compte qu'on avait tous été plus ou moins traumatisés par l'école. Pourtant, on est encore là.

Mon portable vibre dans ma poche.

Maxine,

Je n'ai pas eu vent de toi depuis notre dernier passage sur scène se soldant par ton départ furieux. Aujourd'hui cet épisode me semble loin, si loin maintenant que j'ose rompre le silence pour te demander, chère Maxine, de revenir parmi nous. Tu sais, Pascale et plusieurs camarades de promo ont demandé après toi. Si mes souvenirs ne me trompent pas, nous sommes voisins, chacun de nous habitant de part et d'autre d'un célèbre parc parisien…

Si cela te sied, nous pourrions nous rejoindre demain ? Je suis libre à partir de 18 heures. Tu as mon numéro… See you soon, I hope. Maxine, what is past is prologue.

Bises,
T.

Je pose mon téléphone face contre le plateau et essaie de dissimuler mon émotion. Thibault me veut. Thibault l'apprenti poète-comédien de l'International-Music-Acting-School qui porte un anneau à l'oreille gauche, de grosses écharpes et signe ses messages d'une initiale, T, me veut. J'entends ma vulve chantonner et célébrer l'accouplement à venir. Finalement, la vie c'est simple. Thibault est amoureux de moi. Je n'aime pas trop ses grandes tirades sur le théâtre, sa manière de répéter qu'il n'a pas suivi un parcours universitaire et que chez lui tout est intuitif, sa façon de répondre « J'écris » à la question « Et toi qu'est-ce que tu fais en ce moment ? », mais pour une nuit, ça fera l'affaire. Je lui réponds, OK, rdv demain 19 heures devant la mairie du XIXe. C'est là que mes parents se sont mariés il y a trente ans. Ça me portera chance. Je palpite et j'ai peur. Demain, je baise. Demain, je rattrape le retard qui me sépare de mon âge. Demain, je vois un garçon. Demain, je deviens normale.

J-3. Que trépasse si je faiblis. Ce soir, je baise Thibault : petite bise au gars, on va chez toi, marché conclu, ciao bye. Je passe devant le Rosa Bonheur et ses guirlandes multicolores. Ça a l'air gai. Je me jure d'y aller pour fêter mon dépucelage. Je descends l'avenue de l'Alouette, passe devant le banc des roulages de pelles et franchis le pont de la Petite Ceinture. Ce soir, je baise. Ce soir, je baise. Je passe devant la passerelle suspendue et m'entraîne à rouler des pelles dans ma tête. J'ai lu qu'embrasser avec la langue augmentait la motivation sexuelle en libérant de l'ocytocine. Ce soir, je baise. Mon Dieu, faites que ça aille vite et qu'il me torche ça sans esbroufe.

Depuis les passages piétons, j'aperçois Thibault accoudé au chalet de boissons chaudes du mini-marché de Noël. Je m'étonne qu'il soit déjà là. Je m'approche lentement pour avoir le temps de répéter mes sujets de petites conversations et étudier son attitude. Thibault réchauffe ses mains autour d'un gobelet fumant qu'il hume en souriant joliment. On dirait le personnage principal d'une comédie romantique de Noël où même les adultes portent des moufles. J'espère qu'il ne m'embrassera pas tout de suite tant l'idée de son haleine chaude et chocolatée me dégoûte. Ses pieds s'agitent sous le comptoir telles deux truites pêchées en quête d'oxygène. Peut-être qu'il n'est pas si détendu que ça. Je m'accoude à côté de lui. Maxine, quel plaisir de te revoir. J'ai vu à l'intérieur de sa bouche, sa langue est marbrée de chocolat. Tu nous as manqué. Il me dit ça et son regard se perd vers le ciel. Thibault fixe souvent un point au-dessus de la tête des gens quand il parle, c'est un poète. Son esprit embrasse une étendue de réalité plus grande que le moment. Je me sens rougir, pourtant ça ne démarre rien, ma vulve sommeille paisiblement, comme un nouveau-né. Je lui demande quoi de neuf et il me déroule le contenu de l'atelier de l'International-Music-Acting-School sur Valère Novarina que j'ai loupé la semaine dernière. T'as déjà lu sa *Lettre aux acteurs* ? Il pose son gobelet en carton kraft rouge sur la fausse neige du comptoir. « Faut des acteurs d'intensité, pas des acteurs d'intention. Renifler, mâcher, respirer le texte. » Thibault timbre et articule fort, on dirait qu'il cherche à se muscler la bouche. Je fixe une fente sur le plateau du bar. Je crains que les autres badauds se retournent sur nous. « Semble même que c'est en se dépensant violemment dans le texte, en y perdant souffle, qu'on trouve son rythme et sa respiration ; lecture profonde, toujours plus basse, plus proche du fond. » Ma vulve s'est réveillée. Depuis ce jour où elle m'a parlé dans les toilettes du Pacifique, je capte ses ondes railleuses, son espèce de distance ironique envers le monde, envers les hommes qui fanfaronnent. Thibault cesse enfin de déclamer. Pour combler je dis, C'est fort ce texte, et il sourit en fixant ce fameux point imaginaire au-dessus de ma tête. Il avale la poudre chocolatée du fond de son gobelet puis fait l'essuie-glace avec sa langue pour nettoyer ses lèvres. Je détourne le regard et demande des nouvelles de Pascale. Thibault me raconte qu'elle a été remplacée trois jours parce qu'elle avait un tournage dans le Sud. Le remplaçant est un prof de théâtre à la retraite qui s'est permis de donner un cours de maintien à plusieurs filles et a même dit à Charlotte qu'elle avait un physique de paysanne et qu'il valait mieux qu'elle travaille les nourrices chez Molière plutôt que les princesses de tragédie grecque. Je pense à Charlotte. Je ne comprends pas si on fait du théâtre pour risquer d'être beau là où on ne nous attend pas, ou si on fait du théâtre pour rester à sa place et jouer ce qu'on attend de nous. Tout à coup, Thibault s'avance sur la place et me crie :

— Mais c'est pas vrai ! J'en peux plus de toi, c'est pas vrai.

Après une seconde de sidération, machinalement, je donne le change :

— Je te laisserai pas partir si tu me donnes rien. Je m'accrocherai à toi jusqu'en enfer si tu ne me donnes pas au moins dix dollars.

Je veille à ne pas parler trop fort pour étouffer tout soupçon d'un potentiel début de spectacle de rue dans la tête des passants.

Thibault agit comme si nous étions deux vieux complices de jeu. Il me dit, Voilà, je suis sûr qu'on devrait retravailler cette scène pour les portes ouvertes, j'ai demandé à Pascale, elle m'a dit que c'était fait pour toi. Aussitôt, ma vulve flûte un air haut perché. C'est comme une impulsion magnétique qui envahit mon sexe. Une cornemuse qui tuyaute de l'air et tire des notes dans le bas de mon ventre. Je croise les jambes pour ouater le son. Elle a dit ça ? Oui. J'accepte sa proposition. Thibault décompresse aussitôt et sort son petit semainier noir. Peut-être que je devrais l'embrasser ? Il soupire de soulagement en feuilletant les pages, Merci, Maxine, j'appréhendais ta réponse car hier Pascale a confirmé la venue d'une agente de chez Magnet aux portes ouvertes de l'école, la même que l'année dernière, tu te souviens, c'est comme ça que Gontran s'est fait repérer et maintenant il tourne avec Karin Viard. Honnêtement, Maxine, cette scène elle est pour toi, on a essayé avec Charlotte mais ça ne prenait pas. C'était trop sage. Tu serais dispo quand pour une première répète ? Je lui réponds, Pas avant huit jours, j'ai une affaire urgente et personnelle à régler. Thibault acquiesce satisfait et jette son gobelet kraft rouge dans la poubelle. Pour lui, l'affaire est conclue. Je décroise les jambes. Par politesse, on continue à discuter un peu, de son boulot dans un bar du XIe où hier soir un client s'est permis de l'appeler Schtroumpf parce qu'il portait un pull bleu, de l'actualité politique, la suppression de l'impôt solidaire sur la fortune, la première manifestation des Gilets Jaunes du 17 novembre, du film *La Tour Montparnasse infernale* qu'il vient de montrer à sa nièce et dont on s'échange quelques répliques.

Le silence qui s'installe à la fin de notre conversation est ennuyeux. D'un point de vue libidinal, on est au point mort. Je n'entends pas mes grandes orgues vibrer à l'intérieur de mon ventre. Tant pis, Thibault ne me déniaisera pas.

Je rebrousse chemin vers le parc et reçois un texto de PLAN CUL, Hey t'es dispo ? Si oui rejoins-moi dans la grotte. J'hésite un temps puis conclus que je n'ai rien à perdre, à part ma sainte virginité.

J'entre dans la grotte. Un très vieux monsieur inspecte les fausses stalactites en marmonnant dans ses joues. Je m'avance lentement jusqu'à lui mais l'homme m'ignore et poursuit ses incantations de vieux. C'est alors que je reçois, Hey, retourne-toi. À l'entrée de la grotte, deux adolescents me visent avec leur iPhone en se secouant de rire. Je reconnais les petits-enfants de Mme Porte, du huitième étage. Mon ventre se noue. Je voudrais pleurer mais mes yeux ne larment pas, comme asséchés par l'amertume. Je me remémore l'écriture drôlement pointue des mots PLAN et CUL inscrits au dos de la note dans l'ascenseur. Je n'arrive même pas à leur en vouloir. Je vérifie que personne ne me piste et presse le pas jusqu'à l'appartement de mémé.

J'ai échoué avec Jordan, j'ai échoué avec Thibault, j'ai échoué avec Plan Cul. Une phrase de Jordan me revient à l'esprit. Il avait dit, Je veux prendre le temps de la rencontre. Je me demande combien de temps ça prend une rencontre. Deux jours. Il me reste deux jours. À cette pensée, mon entrejambe devient un entonnoir d'énergie qui délivre un champ électromagnétique si fort que je pourrais, d'un coup de bassin, faire léviter et pirouetter les flâneurs alentour.

Je me demande d'où vient cette mine de kryptonite dans mon bas-ventre. Je me demande si je délire. Je me demande si toutes les vierges dialoguent avec leur vulve. Je referme doucement la porte d'entrée et traverse le couloir à petits pas feutrés. Mémé dort. Je laisse passer trois ronflements puis me glisse à côté d'Adair qui dort profondément sur le canapé-lit. J'allume la lampe de chevet. Adair, tu dors ? Je sens bien que j'abuse mais je dois me confier, c'est trop fort. Adair se rehausse sur la tête de lit, on dirait une taupe qui vient de trouer la lumière. Elle dit, Hein, ah, Maxine ça va, il est quelle heure là, t'étais où ? Je réponds, Aux Buttes-Chaumont, je devais voir un gars mais ça ne s'est pas déroulé comme prévu, il se passe des trucs, à l'intérieur il se passe des trucs. Adair dit, Quoi, attends parle moins fort, y a mémé. J'essaie de chuchoter vraiment. Dans mon sexe… je crois que ça chante, Adair, écoute-moi, ça chante dans mon sexe. Adair grimace, De quoi ton sexe, je comprends rien tu parles trop vite, t'étais avec qui, c'est qui ce gars ? Je réponds, Personne, en fait c'était une blague mais on s'en fout, Adair, écoute-moi. J'empoigne mon sexe. Là, en bas, je peux jouer des mélodies, ça flûte, ça pleure, parfois même ça parle, en fait je crois que j'ai des pouvoirs. J'hésite à faire venir la musique, mais je me rends compte de l'ambiguïté écœurante de mon histoire. Adair me scrute, visiblement mal à l'aise. Elle dit, Putain, Maxine, tu me fais peur là, tu pars dans un délire bizarre, fais gaffe, tu parles comme une geek coincée dans *Second Life*, fais-le là, saute le pas, t'es trop vierge, ça te rend dingo. Elle se renfonce dans l'oreiller.

Je sens le malaise me dévaler jusque dans les pieds. Je retourne me coucher. Il faut que j'en parle à un médecin mais j'ai peur de devenir une énigme médicale, un cas d'école, ou pire, un phénomène viral sur les réseaux. J'imagine les vidéos qui circuleraient sur YouTube ou même YouPorn : *French girl plays music with her vulva*. Quand je serais morte, on construirait un petit musée glauque à côté du restaurant Le Pacifique de Belleville qui retracerait mon histoire et vendrait des T-shirts à mon effigie et des porte-clés vulve qui clignoteraient et feraient de la musique quand on appuierait dessus.

Mon aisselle me lance. Je lève mon bras pour regarder l'abcès. Il a viré couleur vert pâle de morve. Je prends des grandes inspirations et appuie autour de la zone jusqu'à ce que la douleur fuite. Je dois baiser pour conjurer le sort, baiser pour me désensorceler et faire honneur aux mouvements de libération des femmes. C'est par le sexe que les Françaises sont devenues libres. On dit bien *la révolution sexuelle.* Baiser c'est militant. Tu baises, t'es accomplie, t'es affranchie et aux yeux de tout le monde. Bientôt je baiserai, je serai forte, je serai fière, je serai libre et tout ça rentrera dans l'ordre.

Je m'endors.

Je partage ma loge avec un danseur-claquettiste marseillais et deux sœurs jumelles télépathes yonnaises. Deux caméras gravitent autour de nous comme des grosses mouches qui attaquent la table du petit déjeuner l'été. Elles s'attardent sur les pieds du claquettiste enchaînant les *scuffle* talon, *shuffle* talon d'un air espiègle puis zooment sur le micro-HF qu'une ingénieure son est en train de clipser au niveau de mon aine. Une tête coiffée d'un micro-serre-tête passe dans l'embrasure de la porte. Maxine the Virgin dans deux minutes ! Discrètement, je me lève de la banquette capitonnée et croise mon regard dans un des miroirs Hollywood de la table de maquillage. Mon visage est fardé de craie et mes sourcils ont disparu. Je tente une évasion discrète vers la gauche en faisant glisser mes plantes de pied à la manière d'un moonwalk latéral, mais un habilleur m'attrape et me fixe un tutu-plateau autour de la taille. Il m'escorte hors de la loge et me pousse jusqu'à la croix de Saint-André de scotch rouge au centre de la scène d'un plateau télévisé. J'essaye de m'échapper mais je ne peux ni bouger, ni parler, ni crier, mes pieds sont comme englués dans une tourbière. Le régisseur fait le décompte avec ses doigts – 3, 2, 1 – et une chorale Broadway apparaît de part et d'autre de la scène pour préluder ma performance. *Maxine the Virgin ! Maxine the Virgin ! Will she ever have sex ?* Le perchiste tend son micro vers mon entrejambe et j'écarte un peu les cuisses, faisant doucement pleurer ma vulve. Main droite pour la hauteur, main gauche pour le volume. Je participe à *La France a un incroyable talent*.

J-2. Ça me pince encore sous l'aisselle. Je plie le coude et fais le geste des ailes du poulet pour ventiler. Peut-être que ça s'est enkysté. Je consulterai un médecin une fois mon devoir accompli.

Je déboule dans la cuisine et me barbouille une tartine de confiture sous l'œil approbateur de mémé. Je remarque qu'elle porte ses chaussons roses en forme de griffes qu'Adair et moi lui avons achetés pour ses quatre-vingts ans. Ça nous fait rire de la voir déambuler dans l'appartement avec des griffes en peluche aux pieds. Elle ressemble à un dinosaure. Adair est déjà dans la salle de bains. On l'entend chanter en prenant des voix bizarres sous la douche. Mémé essore son sachet de thé puis le pose en petit pouf trempé à côté de sa tasse. Je croise mon reflet dans le grille-pain. Ce matin, j'ai la gueule de travers.

Le réchauffement climatique a tendance à…

Je fixe le petit poste radio que mémé tient sur ses genoux. C'est le seul endroit où il capte à peu près les ondes.

La température moyenne du globe… de l'immunité parlementaire…

Mémé se saisit du poste et le secoue comme un tambourin. La fréquence se stabilise et une voix féminine introduit le sujet d'un reportage.

C'est une école à Amsterdam qui existe depuis une quinzaine d'années et qui porte le nom d'Aquarion. Une institution salutaire mais un peu particulière puisqu'elle se donne pour mission de préparer des hommes à perdre leur virginité.

Je tends mon écoute.

Ces initiations s'adressent essentiellement aux hommes que la fondatrice du lieu appelle en anglais les « Late Bloomers » qu'on peut traduire en français par « les hommes à floraison tardive », en résumé des hommes qui ont raté le cap des découvertes de l'adolescence et sont restés sans sexualité jusqu'à trente ans passés…

La petite voix douce de la radio me renvoie ma virginité en pleine tête. Le poids de ma pureté m'écrase. Je travaille à ne rien laisser paraître et guette ma grand-mère qui semble attendrie par le sujet.

La première partie de l'enseignement consiste à se connaître, à accepter de se dénuder devant quelqu'un, à se laisser caresser…

Je débarrasse mon bol et cours me réfugier dans ma chambre. Je tape « Aqua… » dans la barre de recherche. Une série de suggestions aquatiques inondent mon écran : Aquaboulevard, Aquaman, Aquabike, Aquasplash. Je clique sur Aqualand et replonge dans mes souvenirs de piscine. Je laisse défiler les photos aériennes des toboggans en tube Anaconda, des *tunnel body slide turbo lance*, des Surf Racer, des *flying boats*, des *looping rockets*, des rampes aquatiques boomerang et des Pentagliss plus classiques. L'eau a toujours été mon élément naturel préféré. Quand j'étais petite, j'ai toujours répondu « poisson » à la question de l'animal totem. Une fois rassasiée, je googlise Aquarion et tombe sur des photos de manga dont le héros a les cheveux en feu. Je précise mes mots-clés : « Aquarion Virgin School ». Je traduis dans ma tête : « Aquarion, l'École des Vierges ».

AQUARION

LEARNING TO MAKE LOVE,
INTIMACY AND SEXING BEING A LATE BLOOMER

Je scrolle au-dessus de la page. La police bleu Klein sur fond blanc pique un peu les yeux. On dirait le site d'un centre de thalassothérapie. Sur la colonne de droite, il y a un portrait de femme aux cheveux blancs avec une légende : Miranda De Schrijver. C'est la directrice d'Aquarion.

Have you long been single, are you a virgin or perhaps a somewhat silent partner in bed ?

Es-tu célibataire depuis longtemps, es-tu vierge, ou plutôt un passif ?

Do you hesitate to start or to expand a relationship because you are hardly, not well or not at all experienced in intimate interaction ?

Est-ce que tu hésites à commencer ou à approfondir une relation parce que tu vas mal ou n'as quasiment pas ou pas eu du tout d'expérience intime ?

Do you notice that the gap between being experienced and being inexperienced is growing, especially because the clock is ticking on ?

Est-ce que tu prends conscience que le fossé entre avoir de l'expérience et ton inexpérience grandit, surtout parce que le temps presse ?

Would you still prefer to become a participant in the area of love instead of a spectator ? Then please read on.

Est-ce que tu ne préférerais pas devenir un acteur du spectacle de l'amour plutôt qu'un de ses spectateurs ? Alors, continue la lecture.

Ça me fait bizarre de me sentir une cible marketing pour un truc aussi intime.

Lessons consist of:	Les leçons comprennent :
Newest sex knowledge, refreshment of previous knowledge.	Les dernières recherches sur le sexe, un retour sur les bases.
Setting skin hunger at peace.	Rassasier ses désirs charnels.
Male/female roles.	Les rôles de l'homme et de la femme.
The beauty of penetration.	La beauté de la pénétration.

Je surligne avec ma souris.

Male/female roles.
The beauty of penetration.
Male/female roles.
The beauty of penetration.

Je sens mes yeux se gonfler de larmes, alors je me concentre sur ma vulve. Je me raisonne et analyse mon propre état de virginité.

Si je ne baise pas, je suis pas une femme. Il faut le faire pour être adoubée. À ce moment précis, je me souviens de ma mère, de son émotion quand j'ai eu mes règles.

J'appelle Aquarion.

Après plusieurs tonalités, une voix de femme décroche de l'autre côté. *Hello ? Hi, my name's Maxine, I'm looking to lose my virginity.* La dame demande, *How old are you and where did you hear about our school ?* Je dis, *On french radio, France Culture. Excuse me, but how old are you ?* J'hésite. Je décide de mentir pour augmenter mes chances de réussite. Je dis, *I'm a forty-year-old virgin.* La voix de la dame s'apaise d'un coup, elle me dit qu'elle sait ce que ça coûte, *You're being very brave, Maxime.* Elle m'invite à rencontrer leur *best sex coach* le lendemain à 16 heures. Je réponds, *That's great, see you tomorrow, thank you bye bye.*

Je me connecte sur BlaBlaCar et tente un Paris à Amsterdam. Il n'y a rien en dessous de quarante euros, à part Johanna, Ford Fiesta grise, qui part de Saint-Ouen le lendemain matin. Je réserve dans la minute et retourne sur la page Aquarion. Je lance un des reportages stockés dans l'onglet vidéo.

Il date de 2007 et suit le parcours d'un puceau anglais de vingt-six ans prénommé James. Je clique au hasard dans la barre de lecture.

HAN !
1 seconde, 2 secondes
HAN !

C'était un plan de James en contre-plongée qui rétroverse son bassin dans le vide par à-coups toniques et réguliers. Il fait ça debout face à un miroir. Une coach est accroupie devant lui et encourage chacun de ses mouvements de va-et-vient d'un YES ostentatoire.

— HAN !
— YES !
1 seconde, 2 secondes
— HAN !
— YES !

Je souffle, MAIS nan, et j'ai envie de pouffer, mais c'était trop réel pour ricaner, et ce James est vraiment prêt à tout, ça produit un truc émouvant. Je reclique au hasard dans la barre de lecture et tombe sur un plan de la coach totalement nue qui offre son sexe au regard de James pour une leçon d'anatomie féminine. James regarde avec attention et hoche la tête en bon élève. La coach s'exprime clairement et avec douceur. On dirait qu'elle joue à la maman. J'ai envie de vomir. Je claque l'ordi et une foule de questions envahit ma tête :

Est-ce que je devrais faire comme lui ? Baiser l'air face à un miroir ?

Et si j'étais leur première fille ? La dame du téléphone avait l'air gênée.

Est-ce que je devrais étudier un pénis ? L'anatomie d'un pénis ?

Pourquoi je n'irais pas voir un escort ? Ce serait réglé en trois minutes.

Est-ce que c'est un viol que je m'impose ?

Pourquoi je ne vendrais pas ma virginité aux enchères sur le Net ? Au moins ça me rapporterait de l'argent et je ne l'aurais pas perdue pour rien.

Je reçois un SMS de BlaBlaCar. Ma demande de réservation a été confirmée pour demain matin. Je pars au collège avec la sensation d'avoir réussi un entretien d'embauche.

J-1. J'arrive à l'heure sur le parking. Ça pue l'essence, j'aime bien. Je repère tout de suite Johanna adossée à sa Ford Fiesta. Elle porte un pull vert bouteille avec un dessin naïf sous-titré d'une phrase que je n'arrive pas à lire. Je m'approche et Johanna me scanne avant d'ouvrir le coffre. On se dit, Enchantée. J'y dépose mon sac à dos noir équipé de straps de fixation de skate bien que je n'aie jamais fait de skate. Je le cale entre un sac de couchage boule et un cabas Leroy Merlin plein d'outils, de câbles, d'uniformes et de vêtements de travail. Je m'installe à l'arrière et étudie l'intérieur de la voiture. Il y a un fanion de l'OM qui pendouille au rétroviseur, un livre anglais, *Disguise Techniques : Fool All of the People Some of the Time* et des paquets de chewing-gums goût chlorophylle éparpillés sur la banquette arrière. À l'avant, côté passager, quelqu'un est déjà là qui pousse des soupirs en galère pour régler son siège. C'est Volkan. Il me demande si je ne préfère pas passer devant. Je réponds, Non merci, et Johanna s'installe à son tour. Elle fixe son smartphone dans le support GPS et sifflote légèrement comme pour essayer d'installer une ambiance. Je l'observe depuis mon siège. Elle a un corps inadapté à la morphologie automobile. Ses longues jambes débordent de l'espace sous le tableau de bord et ses bras retombent de chaque côté comme deux lianes suspendues.

Le dernier covoitureur débarque et claque la porte, tout essoufflé. Il se présente comme « Rémi avec un *i* » et reprend ses esprits à côté de moi. Pardon pour le retard. Il écrit un dernier texto puis fourre son portable dans sa banane. Johanna demande si tout le monde est prêt. Volkan acquiesce, Rémi et moi répondons, Oui oui. Je regarde Johanna faire sa marche arrière. Elle passe son bras derrière Volkan et s'engage dans le flux en toute confiance. Ça se sent qu'elle conduit bien. Volkan commence à expliquer qu'il a une BM mais plus de permis. Johanna allume la radio. À son poignet droit, elle porte une montre-bracelet en acier. Elle doit être gauchère. Des grains de beauté sur son avant-bras forment une espèce de constellation. Je tente de visualiser quel dessin on obtiendrait si on reliait tous les points.

Rémi s'est installé sur la demi-banquette comme s'il allait y passer la nuit. Il pose le livre et les chewing-gums sur la lunette arrière et roule son pull en guise d'oreiller. Il me regarde et s'excuse, Pardon je vais pas être très bavard, je suis complètement cuité d'hier soir. Je réponds, T'inquiète, et Johanna baisse la radio. Elle demande si tout se passe bien derrière. Je réponds, Oui oui, et Volkan enchaîne son bavardage. Sa voix rauque résonne dans la voiture, on dirait qu'il parle dans un tunnel. Il dit, La première fois j'étais avec trois mecs de Vitry, du 94, donc Vitry, c'est des braqueurs, 92 ils réceptionnent, et 93 ils vendent, enfin non 93, c'est pas ils vendent, il y a de tout, c'est la merde, c'est le zon on dit, tu vois. Johanna dit, Je savais pas, et Volkan poursuit, il dit, La prison, pour un mec, c'est l'expérience, chaque homme passe par la prison, au moins un mois, six mois. Il y a des ambiances spécifiques, les jours de match, la prison elle tremble, tout le monde, BAM BAM BAM BAM, tu peux pas dormir, c'est mort, t'es dans l'ambiance et pareil le premier samedi du mois, pendant le film de uc, la prison elle tremble aussi. Johanna et moi échangeons un regard dans le rétroviseur. Volkan sait capter son auditoire. Même Rémi pouffe à moitié dans son demi-sommeil. Volkan monopolise la conversation et multiplie les sujets graves et intenses comme pour annuler toute possibilité de parler du beau temps. Il continue, il dit, Par contre, il faut pas croire que c'est la fête, en prison tu peux te faire planter pour une cigarette, c'est un bien grand mot une cigarette ; quand toi tu viens, moi je te mets bien, je te donne une cigarette, cinq, dix, vingt, je te fais fumer du bédo et compagnie, maintenant toi, un soir, moi je suis en galère, toi t'as deux cigarettes, tu dois m'en donner une, tu te dois de me la donner, c'est obligatoire, c'est comme ça, maintenant si toi tu me la donnes pas, tu fais le malin, bah moi demain je t'attrape, je te monte en l'air, je te mets un coup de couteau pour une cigarette. Tu comprends ? Johanna dit, Ben oui c'est donnant donnant. Volkan dit, Voilà c'est donnant donnant. Il y a un temps. Volkan se concentre sur son smartphone et la conversation s'éteint là. On n'entend plus que le grouinement régulier de Rémi qui s'est endormi profondément sur un fond de musique classique. Je regarde Johanna dans le rétroviseur. Je la trouve très force tranquille. J'hésite à relancer Volkan sur la prison mais n'assume pas mes questions de nantie voyeuriste fascinée par la misère. Je suis sûre qu'Adair lui aurait parlé de la pièce *Roberto Zucco* de Bernard-Marie Koltès. Peut-être même qu'elle l'aurait dragué.

Je me renfonce dans la banquette et regarde défiler la route. Ça m'attire vers le sommeil. Je me sens bien. Je pose ma main sur mon pubis et écarte un peu les cuisses. Avec maîtrise, très délicatement, je fais doucement venir ma vulve. Johanna éteint la radio. Elle demande, C'est quoi ce bruit ? Sans décoller les yeux de son écran, Volkan réplique, C'est les enceintes, parfois ça siffle quand tu accélères. Le silence retombe et je soutiens le regard de Johanna dans le rétroviseur. Je n'arrive pas trop à savoir si c'est un regard complice ou méfiant. Dans tous les cas c'est agréable. Le voyage s'étire calmement. J'essaye d'imaginer la vie de Johanna. En vain. Elle ne correspond pas vraiment à mes critères personnels de classification d'humains. De nombreuses bulles de notifications apparaissent dans le haut de son écran de portable GPS. J'en déduis qu'elle doit avoir beaucoup d'amis.

Bientôt le GPS indique qu'on arrive à Bruxelles dans quinze minutes. Volkan sort une cigarette et je secoue doucement Rémi. On est déjà là ? Son visage est rétréci par le sommeil. Il dit, Ouah… j'ai trop bien dormi. Volkan dit, Ouais et puis t'as bien ronflé aussi. Rémi se prend la tête dans ses mains et boit cul sec le fond de sa gourde avant de bâiller.

Johanna se gare devant Bruxelles-Midi et on sort tous de la voiture. Volkan dit, Allez les filles, prenez soin de vous, et Rémi fait au revoir de loin, comme pour écourter la séance des adieux. Johanna me propose de venir m'installer à l'avant. Elle en profite pour reculer son siège au maximum dans les glissières. Elle dit, T'es grande aussi, mets-toi à l'aise. Je bredouille, Ah ouais j'avoue, puis je l'imite et m'étale de tout mon long. Johanna consulte enfin son portable. Elle scrolle dans ses messages sans trop d'empressement, fait défiler ses bulles Messenger sans jamais les ouvrir, comme si elle survolait un texte sur lequel elle reviendra peut-être plus tard. J'envie son détachement. Johanna dit, T'as pas faim, parce qu'il y a un Fritland pas loin.

J'aligne mes pas sur les grandes enjambées vives de Johanna. On bombe entre les stands de gaufres et les boutiques de souvenirs. Quand on passe devant le

Manneken-Pis déguisé en arquebusier, Johanna le salue de la main comme si c'était un de ses amis.

— Hey !

En moins de dix minutes on atteint le Fritland place de la Bourse. En plus des frites, Johanna commande un poulycroc. Elle me regarde regarder ses frites. Elle dit, J'ai un gros appétit. Je réponds, Moi aussi, et Johanna commande deux poulycrocs. Je trouve ça gentil. Elle me demande ce que je viens faire à Amsterdam. Je lui parle d'un vague rendez-vous médical. Pendant deux secondes, j'hésite à tout avouer mais Johanna mord dans son poulycroc et ne cherche pas à creuser le mystère. Et toi ? Elle m'explique qu'elle rentre chez sa mère pour la semaine. Elle veut tester une des scènes de son scénario de film de fin d'études, voir si ça marche dans la vraie vie. Je lui demande quel scénario mais Johanna a un appel. Elle dit, Faut que je réponde, c'est ma mère, et commence à parler néerlandais. Je ne comprends rien à part *natuurlijk* et *frietjes*. Un peu par pudeur, je déverrouille mon téléphone. J'ai cent dix messages non lus sur la conversation WhatsApp des pions, Thibault me communique la date de notre première répétition et Adair m'a envoyé un texto.

> Ça va, ma sœur ? Pardon pour hier, j'étais fatiguée à cause de l'escrime. T'es là ce soir ? J'ai acheté les Christmas cards et il faut qu'on imprime les billets. J'aimerais bien qu'on se

voie aussi. J'avoue, je m'inquiète pour toi. Mémé aussi d'ailleurs. Elle dit que t'es triste. Réponds-moi, vite. Sister Power. P.- S. : C'est chaud, j'ai couché avec Thierry, mon maître d'armes.

Je réponds, Mais mdr moi je vais à Amsterdam je te raconterai. Aussitôt, Adair m'appelle mais j'éteins mon téléphone. J'ai envie d'être injoignable jusqu'à la perte de ma virginité.

Johanna raccroche. Elle dit, C'est bon on peut y aller, et vide le plateau dans le meuble-poubelle. Sur la Grand-Place, un touriste ordonne à son smartphone juché au bout d'une perche télescopique de le prendre en photo.

— SIRI, TAKE A SELFIE !

On s'arrête pour regarder la scène. Le touriste dispose de trois secondes pour sourire. On ricane tout bas puis on recommence à marcher. Cette fois, on se promène. Je dis, C'était une scène de film, et la relance sur son scénario. Elle me demande si j'ai déjà entendu parler des techniques de déguisement d'Edmond A. MacInaugh. Je dis non, et Johanna prend une grande inspiration. Elle fronce les sourcils comme pour préluder un discours important. Elle dit, En gros MacInaugh présente le déguisement comme un art de la disparition, une technique d'anonymisation. C'est l'inverse du nez rouge et des lunettes tournesol. Là, moins on te remarque, plus tu te déguises. Pour passer inaperçu il préconise l'utilisation d'uniformes ou de vêtements de travail. Selon lui, si tu te balades dans la rue en tenue de militaire ou avec un tablier de boucher, t'existes plus. C'est comme une cape d'invisibilité, le déguisement ultime, tu te fonds dans la société comme un caméléon sur la pierre. Johanna parle doctement. Ses phrases se déroulent sans accroc, on dirait qu'elle donne une conférence. Je pense au film *Sister Act*, aux trucs qu'on pourrait faire déguisées en religieuses. Je demande à Johanna si c'est pour ça, le sac plein de vêtements de travail dans son coffre. Johanna opine du chef et divulgue son plan. Elle m'explique qu'elle aimerait bien essayer de rentrer au zoo Artis déguisée en jardinier. C'est dans le quartier de Wittenburg, pas trop loin de chez sa mère. Je trouve Johanna drôle et imprévisible. Je lui demande si elle veut que je conduise. Elle me répond, Non je connais la route, et on regagne tranquillement l'autoroute. Personne ne se sent obligé de parler. Un son de thérémine enveloppe le silence. Je me sens bien. Je regarde Johanna. Je crois qu'elle sourit. Je me demande si elle entend.

Johanna déboîte sur une voie d'accès en direction du centre-ville. Le tic-tac du clignotant sonne triste. Sans savoir pourquoi, je repense à l'appartement beige moderne de mon enfance, avec son portail électrique et ses volets roulants. Ça me paraît loin d'un coup. Cet après-midi, j'irai à Aquarion, l'école des vierges. La note de mon sexe prend une teinte sombre. Je retrouve en moi l'angoisse des veilles de rentrées des classes. Johanna me demande, Je te dépose toujours au ferry ? Je dis, Oui, et commence à rentrer l'adresse d'Aquarion dans Google Maps. Johanna stationne devant Amsterdam City Camp, en face du lac IJ. Elle dit, T'es à dix minutes du centre, le ferry est juste par là, c'est gratuit. Je dis, OK, et sors récupérer mon sac à dos noir. Je jette un œil dans son gros cabas et reconnais le tissu vert foncé des combinaisons de jardinier. Je voudrais rester là. Johanna sort de la voiture et referme le coffre derrière moi. Elle se rapproche de moi et me souhaite bon courage pour mon rendez-vous, elle dit, J'espère que c'est pas trop grave. J'ai honte. Johanna me pense malade. Je la remercie et on se fait la bise. Johanna remonte au volant de sa Ford Fiesta et je regarde la voiture devenir un petit point gris dans le lointain.

Dans le ferry, je m'assois à coté de deux ados françaises aux cheveux bleu-vert qui font défiler des photos avec ces légendes #gangster #weedforlife #reddistrict. Je me demande si les prostituées sous vitrine du Quartier rouge voient beaucoup de puceaux.

À la sortie du ferry, je me laisse guider par Google Maps. Les terrasses de cafés débordent sur les berges. Il y en a un où je m'arrêterais bien pour boire une bière. Je me demande si Johanna y est déjà allée. La peur grandit à mesure que je mange les petits points bleus de l'itinéraire. Pour oublier, je dénombre tous les *Museum* des panneaux publicitaires : Cheese Museum, Van

Gogh Museum, Cannabis Museum, Stedelijk Museum, Fluorescent Art Museum. Les petits points bleus ont disparu et Google Maps m'assure que ma destination se trouve sur la droite. Je lève les yeux. Aquarion est une maison banale. Pas même une enseigne School of Sex, simplement une étiquette aux lettres discrètes sur la boîte aux lettres : a q u a r i o n. Je détaille la sonnette sans fil connectée à une caméra. Je m'apprête à sonner puis jette un œil à mes pieds. J'ai vraiment besoin de nouvelles basquettes.

Je relève la tête et croise le regard d'un jardinier qui coupe les têtes des roses fanées. Je piétine sur place. Mon destin est à portée de sonnette. Je baisse les yeux sur ma braguette. Tout est calme. Quand je relève la tête, je vois le rideau bleu Klein de la porte vitrée qui se referme brusquement. Quelqu'un a noté ma présence.

J'entends le claquement du loquet et une femme apparaît dans l'embrasure de la porte. Des lunettes demi-lune sont suspendues à son sous-pull à col roulé et elle a coincé un mouchoir de poche dans le bracelet en cuir de sa petite montre. Je m'exclame, *Good afternoon,* pour me donner une attitude. La dame répond, *Welcome, Maxime.* Elle chausse ses lunettes demi-lune et sa bouche se tord en un sourire bancal. *Please follow me.* Je lui emboîte le pas et les visages de mémé et Adair défilent dans ma tête. Qu'est-ce qu'elles diraient, si elles savaient ? Je pénètre dans l'école du sexe.

Au milieu de la pièce se tient une dame déguisée en Mère Nature. Ses mains sont jointes en position de prière. *Welcome, Maxime, please make yourself at home.* Je reconnais Miranda De Schrijver, la directrice d'Aquarion. La dame au mouchoir coincé dans la montre se précipite vers elle pour lui chuchoter quelque chose à l'oreille, mais Mme De Schrijver secoue la tête en signe de dénégation, *Maar nee, maar nee.*

Je remarque qu'elle porte un chapeau turban couleur d'automne assorti à son pantalon sarouel. On dirait un bolet. Elle s'avance vers moi et m'invite à m'asseoir dans l'espace détente. *Would you like a drink ? No, thank you. Just sit back and relax, everything is going to be all right.* Je chasse un cheveu imaginaire de mon front. J'ai honte d'être le sujet d'un tel empressement empathique. Je m'intéresse au décor quand je sens le regard inquisiteur de Mère Nature me disséquer de la tête aux pieds. Plusieurs portraits en pied de Miranda De Schrijver accompagnée d'un ou plusieurs messieurs trônent autour de moi. Sur l'un d'eux, je reconnais James, le puceau anglais du documentaire. Je me demande s'il a signé un droit à l'image.

Miranda rejoint la dame au mouchoir coincé dans la montre. Elle lui chuchote une phrase dans l'oreille et ça déclenche le poulailler. Leurs têtes se touchent presque, on dirait qu'elles se picorent les mots de l'oreille. J'ai envie de crier, Ça va les poules, je vous dérange pas trop ?, mais je réussis à me contenir en feuilletant nerveusement une des brochures de l'école du sexe qui résume les formalités de dépucelage. La première séance coûte quatre-vingts euros. Il s'agit d'un entretien avec une sexologue certifiée qui analyse les raisons physiques et/ou psychologiques de l'état de virginité avancée du patient. À l'issue de cet entretien, la sexologue s'engage à donner un avis sur le bien-fondé de la poursuite de l'apprentissage du patient à l'école du sexe. La deuxième séance coûte quatre cent quarante euros. Elle comprend deux étapes : un first date romantique avec une sex coach suivi d'un tête-à-tête plus formel avec Miranda De Schrijver. Il est indiqué que le client ou la sex coach peut exercer son droit de retrait à n'importe quelle étape du plan d'apprentissage.

Je repose la brochure. Je n'avais pas anticipé l'aspect formel et financier de mon dépucelage. Je me rends compte que je vais peut-être même rater l'examen d'entrée.

Je relève les yeux vers le comptoir. La dame au mouchoir coincé dans la montre a disparu mais Mme De Schrijver est toujours là. Elle m'observe avec quiétude et s'avance vers moi d'un air excessivement affable. Elle me dit qu'elle est *deeply sorry* mais qu'il y a eu un malentendu, qu'elle ne pouvait pas s'imaginer que j'étais une fille, que Maxime était une fille, que de toute façon leur école ne traite que les hommes hétérosexuels… *We call them the Late Bloomers.*

Je me recroqueville dans mon fauteuil. C'est tellement absurde que je commence même à glousser, puis ma vue se brouille et je sens venir les sanglots. Je me redresse avec une énergie de colère qui m'étonne assez, bondis hors de l'espace détente et décharge mon venin sur Miranda. *Go fuck yourself you*, hippie de merde avec ton haleine de tisane ! Je sens un liquide crémeux qui dégouline sous ma manche. Mon abcès se perce, se vide le long de mon bras. La dame au mouchoir coincé dans la montre passe une tête affolée entre les barreaux de l'escalier. *Go back to saving your males ! Go back to planting cocks in your garden !* Je tente de renverser un fauteuil mais il est cloué au sol. Je suffoque dans le vide à l'affût d'une autre gestuelle dramatique ; un vase à briser ou une pile de dossiers à envoyer valser, mais Mme De Schrijver fait volte-face et volette gracieusement jusqu'à la porte d'entrée de l'école. À chacun de ses pas, la culotte bouffante de son sarouel gonfle comme une manche à air d'autoroute. Sans prendre la peine de répondre et avec cet air de bonhomie inébranlable des praticiens de la méditation, elle m'invite à quitter les lieux. *Goodbye, Maxime, take care.*

Je retiens mon flot d'insultes et plante mon regard dans Mère Nature. Je dis, *By the way my name is Maxine, not Maxime.*

Dans les rues d'Amsterdam, je me sens redoutable et libre. Maintenant je sais : je ne voulais pas me faire traverser par un homme. Je regarde le ciel. Les maisons sont toutes collées-serrées. On dirait qu'elles s'endorment les unes sur les autres. Au sol, malgré l'hiver, quelques pissenlits ont poussé dans les fissures d'asphalte. On dirait des coiffures de grands-mères. Je pense à mémé et m'arrête dans une boutique de souvenirs. Je lui achète un sachet de bulbes de tulipes jaunes.

Arrivée à la gare du Nord, j'ignore la bouche de métro et me laisse guider par mes pieds qui semblent marcher devant moi comme pressés de vivre et d'explorer tout ce que j'ai tapi dans la routine de mes tristes journées. Je traverse le pont La Fayette et flâne le long des quais jusqu'à la galerie de l'Ourcq.

Je traverse le parc de la Villette et grimpe sur le bord de la fontaine aux Lions. Je scrute la place pavée. À la terrasse du café des Concerts, je remarque un garçon qui fume une roulée en face d'une caisse claire brésilienne. De lourdes boucles blondes sont posées en pétard sur sa tête. On dirait l'ange d'une peinture sacrée qui aurait un peu trop fait la fête. Quand il tire sur sa clope, je vois qu'il a une marque de tampon de soirée sur le poignet droit. Il est sûrement en gueule de bois.

Je m'enfonce un peu plus dans le parc et passe devant le jardin des Dunes. Les tyroliennes à ressorts et les boudins gonflables géants sont toujours là. Ça me rassure. Je traverse le pont suspendu au-dessus du canal de l'Ourcq. Plusieurs brochettes d'amis bravent le froid et pique-niquent-picolent sur la pelouse devant la Géode. Ils rigolent fort. Ils ont l'air bien. D'ici je vois le dragon langue-toboggan, le sous-marin l'Argonaute comme suspendu, et puis de l'autre côté, la moitié de roue de la bicyclette géante ensevelie. Ce soir, le non-sens de ce décor m'amuse.

Je continue mon chemin et perçois des bribes de dancefloor. Je me laisse guider par le bruit et m'enfonce à la marge du parc, jusqu'à l'entrée d'un chapiteau sauvage. Les gens ont le même tampon de soirée que le chérubin blond du café. J'inspecte mon nouveau territoire. Il y a beaucoup de franges courtes et de coupes graphiques, l'excentricité est travaillée. Ça me rappelle La Mutinerie, le bar aux lumières rouges et tamisées de la rue Saint-Martin. Je fais souvent un détour et passe devant exprès pour essayer de voir à l'intérieur. Une grande fille impérieuse répond aux questions d'une journaliste dans un micro Zoom. Ça a l'air d'être une soirée importante, une fête inaugurale ou quelque chose comme ça. Elle est habillée d'une robe à lourde traîne blanche brodée de la phrase *Les gouines emmerdent votre figure paternelle*. C'est écrit en lettres gothiques rouges avec des enluminures. Je me sens comme une bouse. Les filles homosexuelles m'ont toujours impressionnée. Je sais qu'elles existent mais je n'en ai jamais rencontré. Je ne parle pas là des filles qui sortaient ensemble par rébellion et se roulaient des pelles devant le lycée. Je parle des femmes amoureuses des femmes, je parle des femmes qui tombent amoureuses des autres femmes. Pour moi, c'est comme un mythe : elles sont écrivaines, rock star, révolutionnaires. La confiance en soi va de pair avec cette orientation sexuelle. Je me dis, *Les lesbiennes fragiles, ça n'existe pas. Si tu n'as pas d'amour-propre comme moi, tu finis seule ou avec un mec, c'est logique.* J'ai toujours eu tendance à catégoriser, à mettre les gens dans des costumes. C'est aussi une façon de me tenir en dehors du monde et de me contenter du fantasme. Je savais qu'Adair et moi ne regardions pas *Titanic* et *Zorro* de la même manière. Kate Winslet et Catherine Zeta-Jones furent mes premiers émois du soir avant de dormir. Je me revois à dix ans me prêter serment à moi-même : « Personne ne doit être au courant, ça doit rester entre toi et tes pensées du soir. »

Sous la pergola qui sert de fumoir, un groupe d'amis discutent en vase clos. Ils forment un cercle impénétrable, comme une muraille qui ceinture un château. Une fille s'écarte du groupe pour prendre des stories Instagram. Elle se hisse sur la pointe des pieds et sonde la fête comme un périscope.

Je crois que l'objectif est de zoomer sur un détail loufoque de la soirée afin de prouver sa distance ironique. Elle filme une bougie d'anniversaire plantée dans un cendrier, un gros orteil qui dépasse d'une Crocs puis son iPhone se braque sur moi. Peut-être que je suis un détail loufoque. Elle me regarde à travers sa story. Ses yeux me valident mais elle reste distante et maligne. Je ne sais pas si elle enregistre ce qu'elle filme. Je me sens comme un gibier. J'essuie ma sueur et avance sur le chemin tracé en dalles de bois. Adossés à un lampadaire, deux fêtards se paillettent la face dans le reflet d'un miroir de poche. Je leur demande du mascara et balaye la peau de mon poignet gauche avec la petite brosse de pâte noire. Je relève la tête vers la pisteuse. Elle a réintégré son cercle d'amis mais s'est mise de profil pour me garder dans son champ de vision.

Ses amis portent des vêtements noirs et bien coupés mais avec des sourcils peroxydés, un long mulet frisé artistique rasé par en dessous, un peu comme une coupe de footballeur ou une tonsure de moine revisitée. La pisteuse aussi est en noir mais sans folie capillaire, juste des grosses chevalières gothiques à tous les doigts. Je présente mon poignet aux vigiles d'un air qui ne s'excuse pas d'être là. Les deux bombers Security opinent du chef sans vraiment détailler le dessin et je m'engouffre dans la fête.

C'est super fort, la musique bave dans mes oreilles. J'ai l'impression de vibrer sur mille ressorts à compression. Plusieurs éléments du décor reprennent les codes du bal populaire : fanions, boule disco, *party lights* multicolores. À l'intérieur du battement de la grosse caisse, une voix suave balance des trucs fluides en anglais : *I'm floating on waves, my trip to fantasy, all is quiet and peaceful…* Ça provoque des fous rires. Les fêtards dansent avec une facilité déconcertante. C'est comme s'ils étaient habités par l'esprit de la fête. Il y a tellement de chairs, de couleurs de peau, de graisses qui ondulent dans tous les sens. Tout est surjoué et moi je n'ai jamais vu ça, des gros et des grosses qui dansent comme ça, des filles torse nu qui balancent les épaules, des gens survoltés qui s'amusent sans fausse modestie. « *Be gay ! Be loud ! Be proud !* » La fosse est bondée mais bizarrement personne ne se bouscule, les corps se contournent délicatement ou bien fusionnent en une seule masse sensuelle et crade. On me jette des regards que je n'aurais jamais assumés, des regards de désir mais jamais lubriques, toujours un truc qui désamorce, un petit sourire ou une perruque qui fait comprendre que c'est pour jouer. Le groupe des gens habillés en noir fend la foule sans difficulté. On dirait une nuée de corbeaux. Leurs visages sont graves et taciturnes. Aucun d'entre eux n'a l'air de s'amuser. Peut-être que sourire est trop figuratif. Pour eux, la fête est un rituel sacré et sombre qui sied à la techno froide, pas un événement burlesque et coloré. Ils dansent de manière ténue et maîtrisée, il y a comme une noblesse. La pisteuse brandit un appareil photo jetable et flashe au hasard dans la fosse. Les autres corbeaux se campent devant la DJ. Ils oscillent à peine. C'est lascif et précis, comme s'ils connaissaient déjà la musique. Au fond du chapiteau, un groupe s'extasie devant un garçon qui a posé un croissant sur le haut de son crâne. On dirait un petit chapeau et ça a l'air de faire beaucoup rire ses amis. Il va pour le manger, mais on l'arrête tout de suite, Non, non, Arthur, non, non, on ne mange pas ses habits. Pendant ce temps, la voix rebalance des trucs fluides en anglais et les gens dansent encore plus fort. *I'm still looking at the moon, it's ticking my body, sending me signals, reaching into my brain…* Je baisse la garde et commence à lever mon poing dans l'air. Je danse !

La pisteuse vient me trouver dans la foule. Elle pose sa main derrière ma nuque et me tire vers elle. Elle crie quelque chose que je n'entends pas. Je forme un tunnel avec ma main mais elle attrape mon téléphone. Je la vois qui pianote quelque chose. J'essaye de me maîtriser. Elle me rend mon portable en plantant son regard brun foncé dans le mien pour clouer ces quelques secondes dans nos mémoires respectives. Un nouveau numéro a été ajouté à ma liste de contacts. Le nom : « La Femme De Ta Vie ». Je relève les yeux : la femme de ma vie a disparu.

Sur le chemin du retour, je sens mes yeux se mouiller de joie. Ce petit délire ému de quand on est content de soi-même. J'emprunte la passerelle-estrade qui surplombe le cimetière et passe devant mon ancienne école primaire aux pare-soleil couleur pigeon. Ça fait longtemps que je n'avais pas pris ce chemin-là. Je me demande ce que ça aurait changé si j'avais passé mon adolescence ici et pas à Clermont-Ferrand. Je m'arrête au McDo et commande un menu Maxi Best Of. Je consulte les offres en attendant ma commande. Le Croque McDo me fait de la peine. Il a l'air d'un dégonflé à côté du double Tennessee BBQ & smoky cheddar. J'engloutis mon burger en remontant la rue de Crimée. Je me trouve un banc et regarde la lune.

J'écarte un peu les jambes et fais doucement venir la musique. Main droite pour la hauteur, main gauche pour le volume. Je pense à Peter Parker quand il découvre qu'il peut projeter des soies de toile pour se balancer dans le vide. Je pense à Clark Kent quand il découvre qu'il peut voler et soulever des montagnes. Moi aussi j'ai un don, j'ai un pouvoir, c'est ma vulve. Je sors mon portable et envoie un message à La Femme De Ta Vie :

> Salut, je suis ravie d'avoir fait ta connaissance.
> Je pars en Angleterre pour Noël, mais on peut
> se voir à mon retour ?
> Maxine de la fête

Je quitte mon banc et continue mon chemin jusqu'à l'appartement de mémé. Sur une poubelle verte de recyclage, je vois une affiche représentant la coupe anatomique d'un clitoris en 3D. En dessous il est écrit : osezleclito.fr. Je le regarde, je le détaille. C'est majestueux. Je n'avais jamais pris conscience qu'un clitoris faisait la même taille qu'un pénis. Je pense à toutes ces bites que j'ai dessinées éhontément sur les tables de mon collège. J'en avais même gravé une énorme au compas sur ma table en cours de technologie.

Dans mon lit, j'essaye de débrouiller mes idées. C'est bizarre. Je me sens amnésique d'un truc. Vierge. Je sais que je connais ce mot, mais là, ça ne m'évoque plus rien.

Snow is falling… all around you. Children playing, having fun ! It's the season, love and understanding… Merry Christmas, everyone.

Grandad allume sa cravate musicale parsemée de pingouins. Ça joue les notes de *Jingle Bells*. Grandma le rejoint sur le gros tapis épais. Elle actionne les deux automates musicaux dans l'âtre de la fausse cheminée. Un gros Père Noël et un petit renne rouge se déhanchent alors sur *Jingle Bells*. Ça amuse mémé. *Hi ! Hi ! Hi ! Very goude very goude !*

Je n'ai pas de nouvelles de La Femme De Ta Vie depuis la fête. Je pense à elle tous les jours, parfois dès que j'ouvre les yeux le matin. J'ai même nettoyé mes réseaux sociaux au cas où elle me profilerait. Ce n'était pas n'importe qui, La Femme De Ta Vie, il faut que je soigne mes apparences.

Peut-être qu'elle cherche la bonne réponse. Ou peut-être qu'elle m'a déjà oubliée. C'était juste comme ça, de la drague sociale.

On chante par-dessus la télé qui diffuse les archives *Christmas Special* de l'émission musicale *Top of the Pops : Merry Xmas Everybody* du groupe Slade, *I Wish It Could Be Christmas Everyday* du groupe Wizzard. Mon père et ma mère se sourient tendrement. Peut-être qu'ils repensent à leur première rencontre en cours de gestion dans une fac de Londres. Ça m'émeut. Mon père nous sert un deuxième verre de champagne. Le salon retentit de la chanson *The Power of Love* de Frankie Goes To Hollywood. Je me laisse traverser par les cris d'amour du chanteur.

The power of love
A force from above
Cleaning my soul
Flame on, burn desire
Love with tongues of fire
Purge the soul
Make love your goal

Je pense à La Femme De Ta Vie.

Grandma et Grandad nous rassemblent autour du sapin et des cadeaux pour prendre la première photo. Comme tous les ans, mon père revêt le bonnet de Père Noël posé sur l'une des théières en porcelaine exposées sur le bord de fenêtre. Il est accroupi au pied du sapin et attend que chacun ait gagné sa place pour entamer la distribution. Pour chaque cadeau, il lit l'étiquette :

Merry Christmas
To :
From :
xxx

J'ouvre mon cadeau. To : Maxine. From : maman. C'est le livre *Les Années* d'Annie Ernaux. Je la remercie du regard et détourne rapidement les yeux pour ne pas me mettre à pleurer. Si je tiens trop longtemps le regard avec ma mère, je me mets à pleurer, c'est comme ça. Ma mère parle peu. Je crois que c'est parce qu'elle ne sait pas bien comment dire. C'est peut-être aussi parce qu'on n'a pas su l'écouter. Mon père et la culture anglo-saxonne ont toujours pris toute la place.

La distribution à peine terminée, Grandad s'élance sur la moquette pour centraliser les dépouilles de papiers cadeaux. Il les fourre dans un énorme sac-poubelle avec la satisfaction maniaque d'avoir achevé sa première tâche du Christmas Day. Ma mère le regarde faire, anéantie. Je regarde la photo de Jimmy, mon oncle mort trop tôt, à vingt-cinq ans, dont personne ne parle jamais. Il a l'air heureux. Peut-être que c'est parce qu'il est encore enfant.

L'année de son bac, Adair avait osé interroger Grandma et Grandad à propos de la mort de Jimmy. Grandad avait simplement répondu que Jimmy était très timide et qu'il n'avait jamais été fait pour ce monde-là. En voyant le visage de Grandma se geler de crispation à l'évocation de son défunt fils, Adair avait compris qu'elle n'en saurait pas plus. D'après mon père, Jimmy avait toujours été fêlé, mais ses parents avaient joué de leur pouvoir parental et refusé toute possibilité d'une aide extérieure. C'était une affaire de famille. *An Englishman's home is his castle.* Ni les mots du pasteur, ni les conseils des enseignants n'avaient pu ébrécher leur certitude de parents : Jimmy était maladivement timide mais ça s'arrangerait en grandissant. Le château s'écroula le jour où les crises de violence de Jimmy débordèrent de la petite maison de Durham et qu'il fallut l'interner. Le psychiatre avait dit : « *Everyday when he wakes up, it's as if he's swimming in a pool of frogspawn.* » Tous les jours quand il se réveille, c'est comme s'il nageait dans une piscine d'œufs de grenouille. Jimmy était schizophrène.

Plus rien n'existe pour mémé depuis qu'elle a ouvert sa boîte de toffees. C'est son cadeau préféré. Grandad prend une photo de ma mère avec sa nouvelle paire de chaussettes et sa nouvelle écharpe en soie autour du cou. Elle est très gênée mais elle joue le jeu. Dans des moments comme ça, j'aimerais lui dire, Je t'aime, maman. Mon smartphone vibre sur la table basse. Ça fait tintinnabuler les flûtes de champagne. Je me jette dessus comme si j'attendais un code pour désamorcer une bombe prête à exploser. C'est une photo du Manneken-Pis coiffé d'un bonnet de Noël.

Joyeux Noël, Max, j'espère que ton rendez-vous
s'est bien passé,
À bientôt,
Xx
Johanna

J'ajuste ma cagoule dinde de Noël sur ma tête. Je prends une photo et envoie : Joyeux Noël, Johanna ! Elle me répond par une émoticône clown et, quelques secondes plus tard, m'envoie une photo de son coffre avec le cabas de vêtements de travail à l'intérieur. Je décide de relancer La Femme De Ta Vie :

Joyeux Noël !
XXX
Maxine de la fête

Je clique sur « envoyer » et cache mon portable dans les bourrelets du canapé. Je pense, Ouah le vieux message de merde.

Adair et moi déambulons dans le salon en proposant des *pigs in blankets* et autre *finger food* d'un air exagérément altier. On emploie des expressions désuètes pour alimenter le mythe des petites filles modèles que notre grand-mère anglaise s'est inventé. *What a good English expression !* Notre mère nous voit faire de loin. La famille se nasse autour de la table. Adair murmure, Fromage bleu, *bad breath*, *smelly sex*. Je réponds, Baise-en-ville,

Tinky Winky, saint-nectaire. L'objectif est que ces mots se fondent dans le *small talk* du décor sonore. C'est le jeu des mots absurdes.

Comme tous les ans, Grandma sert le *smoked salmon* sur des petits toasts triangulaires. Ça démarre les bruits de bouche. Grandma dit qu'elle a cuisiné une *leek & goat cheese tart* pour la dernière vente de charité de l'église. Elle précise la somme de pounds récoltés à l'issue de l'événement. Grandad prend une photo de l'énorme dinde puis il disparaît dans la cuisine pour découper la volaille. Grandma apporte du *Yorkshire pudding*, des *mashed potatoes*, des *buttered parsley*, des *brussels sprouts*, des *honey roasted carrots*, des *parsnips*, de la *cranberry sauce*, de la *gravy*, du *raisin and apple stuffing*, du *chestnut stuffing* et du *sage and onion stuffing*. Mémé est fascinée par la variété de farces et de mets festifs. Elle trépigne d'impatience à l'idée de goûter ces nouvelles saveurs et voudrait qu'on lui détaille les différents ingrédients. Ça crée des bugs de traduction.

— *Parsley*, c'est navet ?

— Mais non, maman, c'est *turnips*, *parsley* c'est persil et *parsnips* c'est panais.

— Et *chesnut* c'est quoi ? C'est marron ou châtaigne ?

Pendant ce temps mon père se ressert à boire. Adair et moi on ne dit rien. Je pense à La Femme De Ta Vie. Si elle ne me répond pas, j'aurai au moins vécu ça avant mes vingt-cinq ans : la violence térébrante d'un coup de foudre amoureux. Je ressens la vibration de son regard brun planté dans le mien, sa main cerclant ma nuque pour me tirer vers elle dans une parfaite alliance de douceur et de fermeté. Je pourrais faire venir ma musique rien qu'en y pensant très fort.

La dinde revient. Grandma et Grandad donnent des nouvelles de leurs amis et des petits-enfants de leurs amis. Grandad prend une photo où on fait mine de tirer sur les Christmas Crackers.

Il est 15 heures. La famille se ramasse devant la télévision. Chacun est coiffé de la couronne en papier colorée trouvée dans son Christmas Cracker. Adair et moi on se plonge dans les coussins mous du canapé. Grandma s'installe dans son fauteuil beige inclinable et Grandad dans sa chaise molletonnée. Ils boivent leur cadeau de Noël, du champagne rosé français glissé dans les bagages. Idée de ma mère. Je me penche vers l'avant pour regarder les pieds du canapé qui s'enfoncent dans la moquette ouateuse bleue. Toujours pas de message de La Femme De Ta Vie. J'ai vraiment tellement envie de la revoir. J'ai son regard qui bat dans mes tempes et dans mes nuits. Adair glisse ses mains sous ses cuisses. La couverture patchwork gratte un peu et risque de filer ses collants achetés la veille au Marks & Spencer de Newcastle. Les petites voix pucelles de la chorale des jeunes garçons de King's College Cambridge s'élèvent et chantent *God Save the Queen*. Grandma s'empare de la télécommande et tire trois barres de volume sur la télévision. C'est le discours d'Elizabeth II. Mémé applaudit. Vive la reine ! Mon père lance ses habituelles petites piques antimonarchiques. Grandma feint de ne rien entendre et Grandad sourit en coin. Ma mère ne dit rien. Adair tend son long cou de brachiosaure vers moi. Elle chuchote, *Suck my dick* avec la voix pincée de la reine mais je reste captivée, comme aspirée par les petites billes bleues d'Elizabeth II. La reine me parle, ne s'adresse qu'à moi en vérité.

Maxine, you are a lesbian.

Comme tous les Boxing Day, Grandad, mon père, Adair et moi allons assister à un match de foot au stade St James' Park de Newcastle. Le public du Boxing Day est divers : les familles avec enfants se mêlent aux supporters fidèles. Cette année, Newcastle United joue contre Chelsea. Le kick-off est dans vingt minutes. Dans les rues, des bandes d'Anglaises encore déguisées en Mère Noël titubent et claironnent leur présence à coups de HO, HO, HO. Elles chantent *banging body, spicy mami, hot tamale, hotter than a Somali, fur coat, Ferrari*. Ça donne envie d'être avec elles. L'une d'elle s'arrête pour vomir. L'amie qui porte ses talons aiguilles tente de lui remonter les cheveux. Ça fait tomber ses accessoires Claire's dans le caniveau. L'alcool inverse les lois de la pudeur. C'est pratique pour expulser les émotions contenues.

Au stade, nous sommes les seules personnes emmitouflées jusqu'au nez sous plusieurs couches de vêtements d'hiver. Au nord de l'Angleterre, la frilosité est l'apanage des faibles. À l'entrée, nous récupérons tous les quatre notre petit drapeau de supporter et trouvons notre place dans la tribune haute. Ce ne sont pas les meilleures places, mais la vue est complète sur le stade rectangulaire. De l'autre côté du terrain, la marée bleue des supporters de Chelsea grossit un peu. Plusieurs Magpies les huent et leur font un signe furtif du V avec les doigts. Je regarde les footballeurs qui s'échauffent sur la pelouse. Ils me font penser à des petites vaches qui paissent du bon pâturage.

Adair descend son bonnet jusqu'à ses sourcils. Elle porte des moufles de ski et deux écharpes : une Gryffondor, une Newcastle United. Le vent de la mer du Nord brûle nos visages déjà rougeauds. La plupart des supporters ont passé le maillot NUFC par-dessus leurs anoraks. Quelques-uns sont déguisés en pies, en bonnes sœurs, en bagnards. Nous, on se contente de porter l'écharpe du club. Grandad et mon père la laissent pendre sur leurs épaules, comme une étole. Mon père dit souvent que les écharpes c'est pour les pédés. *Come on, I'm not a poof.* Près du terrain dans les virages, quelques ultras sautillent sur place pour ne pas congeler, les mains fourrées jusqu'aux poignets dans les poches de leurs jeans. Ils exhibent fièrement leurs tatouages et leur maillot officiel des années 1990, celui avec le logo de la bière Newcastle Brown Ale sur l'abdomen. Chaque année, ça m'impressionne. On dirait qu'ils se croient plus forts que l'hiver. Adair les prend en photo, elle dit, Mais putain regarde-les, comment ils font pour pas avoir froid. On reçoit des regards suspicieux par-dessus les épaules et mon père nous intime de nous taire. *Please, girls, behave.*

Je vois bien que ça le gêne, mon père, quand on parle français ici, qu'on tend l'oreille pour écouter les accents et les conversations, qu'on regarde les styles, les visages et les corps avec trop de curiosité. Même Grandad baisse la tête en enfonçant ses mains dans ses poches de manteau. Ils préféreraient qu'on vienne ici simplement pour regarder et commenter le match. On ne rigole pas avec le foot.

Le jeu commence. Mon portable est dans ma poche. J'ai poussé l'intensité des vibrations à fond pour que ma cuisse vrombisse quand je reçois un message. *Carmina Burana* explose dans les haut-parleurs. Le stade devient une foule de fanions noir et blanc qui s'agitent en cadence. Les supporters de Chelsea croisent les bras d'un air faussement indifférent, comme s'ils ne nous voyaient pas.

O FORTUNA !!! VELUT LUNA !!!

Adair me regarde. Je sens qu'elle aimerait chanter en play-back d'un air exalté tellement c'est dramatique, mais on se tient à carreau depuis le sermon de notre père.

SEMPER CRESCIS
AUT DECRESCIS
VITA DETESTABILIS

Je ne pense qu'à elle : La Femme De Ta Vie. Mais pourquoi elle ne répond pas ? J'aurais dû tenter le coup, lui envoyer ma vieille tête de dinde encagoulée. C'est toujours séduisant quelqu'un qui ne se prend pas au sérieux.

Ça joue bien. Qualité de contrôle, inventivité. Newcastle préserve la balle. C'est bon signe. Ça fait deux années qu'ils perdent en match de Boxing Day. Mon père et Grandad ont le visage serré. La tension enserre le stade, comme la main de La Femme De Ta Vie sur ma nuque, ce soir-là. Je touche ma poche. C'est peut-être ringard de lui avoir souhaité joyeux Noël. La Femme De Ta Vie c'est une fille arty, elle ne doit même pas fêter Noël, les traditions elle les dégueule, ou mieux, elle les réinvente.

Les supporters se lèvent. Ils entonnent le *Blaydon Races*, l'hymne geordie et chant historique des supporters de Newcastle. Mon grand-père et mon père chantent fièrement. Adair et moi suivons au refrain.

Ah me lads, ye shudda seen us gannin',
We pass'd the foaks alang the road,
just as they wor stannin' ;
Thor wes lots o' lads an' lasses there,
all wi' smiling faces,
Gannin' alang the Scotswood Road,
to see the Blaydon Races.

Ah, les gars, vous auriez dû nous voir avançant,
Nous avons dépassé les gens sur la route,
qui se tenaient debout ;

Il y avait beaucoup de gars et de filles là,
qui souriaient,
Tous avançant sur la route de Scotswood,
pour voir les courses de Blaydon.

Le numéro 7 donne un coup de tête bien coordonné. Le ballon rentre dans la lucarne. Il y a but et en même temps mon portable vibre. C'est une réponse de La Femme De Ta Vie. Je me lève d'un bond avec les supporters, tape le poing dans l'air. YEAEAEAEAEAEAH ! C'est un tonnerre. Le parquet tremble, les supporters exultent. Mon père et Grandad s'enlacent après avoir levé les bras pour la ola. C'est rare, d'habitude aucun contact physique, juste de la politesse et de la rétention d'émotions. J'ouvre le message dans la cohorte.

Je savais que tu m'écrirais. On se voit quand ?
Xxx
Mao

C'est le plus beau jour de ma vie.

Le bus 71 est direct entre Alouette et le mk2 Bibliothèque. Je repère les anciens magasins transformés en espaces de coworking ou en épicerie fine bio. Je sais que ça intéresse mémé qui a du mal à reconnaître son vieux quartier.

Mao est entrée dans ma vie. Depuis le match, on s'est écrit tous les jours mais en pointillé. Ça s'est fait simplement, sans frénésie. Hier, elle m'a proposé d'aller voir un film. J'ai dit oui. Il est 18 heures. Mao me texte qu'elle est arrivée. C'est la première fois que quelqu'un m'attend.

Quand j'arrive, on se sourit en silence. Ce n'est pas facile de tenir le regard. Mao a déjà sa place. Je suis soulagée qu'elle n'ait pas payé pour deux. J'achète ma place, des bonbons en vrac et on entre dans la salle. Mao chuchote, Pas trop derrière, et on s'assoit au bout d'une rangée. Je réalise que les sièges du mk2 Bibliothèque sont dotés d'accoudoirs amovibles, comme pour laisser l'option « sièges amoureux » ouverte. Je remonte l'accoudoir et pose les bonbons entre Mao et moi. C'est la première fois que j'utilise l'option banquette de couple au cinéma. C'est aussi la première fois que je partage des bonbons avec une autre personne que ma sœur au cinéma.

Le film commence. Il y a trop de musique et notre voisin se mouche en trompette. On n'est pas concentrées, on rigole même pour la scène finale, quand le héros pleure en tremblant du menton.

Après le film, on se promène le long du quai de Bercy et on s'arrête dans une épicerie pour acheter des bières. Je prends une 1664, Mao une bouteille de Super Bock. Mao parle doucement de sa famille d'amis. Elle choisit précieusement ses adjectifs, use de métaphores improbables comme « c'est le vent, il m'échappe toujours » et fait référence à leurs signes astrologiques. Elle ne parle jamais de leurs métiers ou de leurs études. Contrairement à moi, Mao ne confond pas ce que les gens font avec ce qu'ils sont.

À un moment, elle me demande mon ascendant. Je ne sais même pas répondre. Elle me dit, Moi Vierge ascendant Capricorne avec la Lune en Lion. Ah, d'accord. Je lui parle de mémé et Adair, de notre colocation à Jourdain, de mes petits boulots, de mes cours de théâtre, de la fois où j'ai cassé le pupitre. J'espère que ça la fera rire. D'habitude, cette histoire marche bien auprès des gens. Je la raconte toujours de la même manière, à l'intonation et à la virgule près, comme si je faisais un one woman show. Ce n'est pas glorieux mais je sais que si je ne recyclais pas mes anecdotes personnelles, si je ne prévoyais pas mon show social à l'avance, je resterais parfaitement silencieuse devant les gens, rongée par la timidité. J'en ai parlé à Adair, elle m'a dit qu'elle faisait pareil.

Mao enregistre tout. Elle me propose de venir chez elle. Elle n'habite pas loin, au métro Nationale. J'accepte timidement et on remonte ensemble le boulevard Vincent-Auriol. Mao me dit qu'elle est bien ici, qu'elle détesterait vivre dans le Nord-Est parisien, surtout pas à Belleville. C'est déjà là que s'organisent la plupart de ses rendez-vous professionnels et ses apéros, et elle n'aime pas l'idée d'habiter, de travailler et de faire la fête au même endroit. Dans les bars de Belleville, elle a aussi peur de croiser des filles qui lui ont fait du mal en amour ou avec qui, un jour, elle a rompu.

Je la suis dans une grande cour carrée entourée d'immeubles de l'avant-guerre tout en brique rouge. Première porte. En traversant le hall, on passe devant le bloc de boîtes aux lettres collectives. Évidemment, je nous imagine habiter ensemble et réalise qu'il existe, dans le monde, des boîtes aux lettres étiquetées aux noms de deux femmes unies ensemble par amour. Ça me bouleverse.

Mao habite au quatrième étage et ne prend jamais l'ascenseur parce que ça pue trop le vieux. On monte l'escalier en silence. Elle sort sa clé de la poche gousset de son jean, ouvre la porte et se précipite vers les toilettes en me criant de me mettre à l'aise. Je l'entends faire pipi depuis la cuisine. J'anticipe le moment où ce sera mon tour. Il faudra que je pense à bien m'avancer sur la cuvette. La cuisine déborde de plantes vertes et de petits bocaux avec des noms d'herbes écrits dessus. Je cherche une pose et ça me rappelle les soirées de baby-sitting, quand les parents rentraient enfin et qu'il fallait avoir l'air décontracté, dans un lieu de vie qu'on ne connaît pas vraiment. Je regarde les photos aimantées au battant de la petite porte de l'habillage du coffret électrique. Sur une des photos de groupe, je reconnais les longs cheveux plats et les épaules anguleuses de Mao. Elle fait une grimace dégoulinante, ne se contente pas de tirer la langue sur le côté en roulant ses yeux dans le sens inverse. Je trouve ça gonflé.

Je sors de la cuisine et me dirige vers la pièce au bout du couloir. C'est la chambre de Mao. À l'entrée, il y a une petite étagère murale avec son passeport, un trousseau de clés, un pot à crayons, un carnet et une plante. Je pense, Mao est une personne organisée. Je regarde son passeport pour voir la photo et découvre que Mao s'appelle en fait Mahault et est née à Lyon en 1996.

Je m'assois sur le matelas posé à même le sol. Le lit est fait, il y a peu d'objets. Trois caisses à vin servent d'étagères à côté du lit. La première caisse supporte des livres cornés : Raymond Queneau, Georges Perec, une anthologie de l'OuLiPo. La deuxième caisse soutient des livres neufs qui semblent avoir seulement été parcourus : *La Pensée straight*, *La Domination policière*, *Un féminisme décolonial*, *L'Insurrection qui vient*. Je ne connais aucun de ces livres.

J'entends Mao se laver les mains dans la salle de bains. Je me sens bien, là où je suis. Je regarde longuement la chaise et la table-bureau de Mao, le carton imprimé nuage collé au plafond, la tache d'humidité près de la fenêtre, le cercle de broderie ACAB accroché au mur. J'ai envie de me tatouer ce moment quelque part. Mao entre dans la chambre. Elle enlève ses bagues et remonte ses cheveux en chignon avant de s'écrouler sur le lit. Je m'allonge à côté d'elle. Ma vulve chante. Je ressens son rythme qui gonfle à l'intérieur de moi. C'est même plus fort que mon cœur. On regarde le nuage au plafond puis nos deux visages se tournent naturellement l'un vers l'autre. Elle m'embrasse. D'abord avec la bouche, puis avec son corps entier : ses mains, ses cheveux, son ventre, sa langue, son souffle, nos ventres, ma langue, sa bouche, nos lèvres, ses lèvres, ma bouche, son sexe, mon sexe, son lobe, le bout de mes doigts, sa main, ma peau, ses cuisses, mon ventre, mon buste, ses hanches, mes doigts, ses lèvres, mon pouce, sa langue, ses mains, mon sexe, dedans, caresses, mes cils, sourcils, paupières, ses lèvres, ma langue, ses yeux, pupilles, caresses, ses dents, mes paumes, ses paumes, mes doigts, caresses.

Je me roule en boule hors du matelas. Je cherche ma culotte. Tant pis. Je me sens dans une forme de volupté douce. Mao n'a pas bougé. Elle dort sur le ventre, un bras sous l'oreiller.

Je flotte jusqu'à la cuisine. Je veux lancer un café, mais c'est une machine à l'italienne et j'oublie tout le temps comment ça marche. J'ai envie d'arroser les plantes. Je me sers un verre d'eau dans un ecocup qui sèche sur le bord de l'évier. Je regarde par la fenêtre. Certains rebords extérieurs sont investis de plantes, d'herbes aromatiques ou même de restes de décoration de Noël. D'autres, au contraire, sont totalement nus.

Mao est réveillée et pianote des messages en souriant. Ça fait le bruit des gouttes de pluie sur un Velux. J'écarte les lourds rideaux occultants. Il a plu. Tout est calme. J'aimerais bien ouvrir la fenêtre pour respirer la ville après la pluie. Je me sens oubliée, comme en trop dans cet appartement que je ne connais pas. Je veux partir, mais enfin Mao pose son portable et tend ses bras vers moi en disant, Bonjour. Je redeviens son centre d'attention. Mon malaise disparaît aussitôt. On s'embrasse tendrement, longtemps. Je pense, *J'ai un corps nu contre le mien.* Je pourrais rester trois, quatre heures comme ça à sourire béatement. Dans ma tête, mes pensées glissent, il n'y a plus de problème, mon cerveau s'est comme lubrifié. C'est tellement inouï l'amour. Je comprends enfin les tragédies grecques. Après une rupture, une amie d'Adair avait chuté dans une désespérance telle qu'elle était partie se reposer un temps dans une clinique psychiatrique. En sortant, elle avait dit à Adair : « Tout mon étage à la clinique, c'était que des histoires d'amour. »

Je n'ai pas envie de dire à Mao que c'est la première fois que je passe la nuit avec quelqu'un. Ça me va de garder ça pour moi. Et peut-être que Mao a deviné.

Son portable vibre en cascade. Je reconnais là la manière singulière qu'a Mao, et qu'ont vraisemblablement ses amis, de communiquer. Mao ne regroupe pas ses informations en un seul texto compact mais dissémine et éparpille ses phrases, ses mots et parfois même ses signes de ponctuation en une multitude de petits textos en série. Ça donne l'impression d'une nuée de notifications urgentes à consulter instantanément. Au début, elle se contentait de m'en envoyer deux ou trois. Maintenant, c'est parfois huit ou neuf. Souvent, quand je surveille mes permanences, je souris toute seule au moment où je sens ma poche vibrer plusieurs fois de suite. Je sais que c'est elle qui m'écrit.

Mao consulte son portable et mitraille ses réponses. Elle me demande ce que j'ai de prévu aujourd'hui et m'annonce qu'elle doit retrouver Isaure et Paloma dans une heure pour imprimer des images à l'atelier de sérigraphie. Je masque ma surprise et m'invente une répète à 10 h 30. Je lui demande si elle est en retard mais elle me dit, Non, non, détends-toi, c'est direct d'ici avec le 27. C'est quand ton spectacle ? Je lui réponds, Mardi prochain. Elle le note dans son carnet et me dit qu'elle sera là.

Je rentre à Jourdain en fin de matinée. Adair et mémé sont déjà à table. Quand elles me voient elles s'exclament, Ah !, l'air de dire « enfin là » comme si j'étais un plat mijoté qu'on pose sur la table. Leurs yeux attendent que je raconte. Ma grand-mère sème ses petits rires. Hi ! Hi ! Hi ! J'ai envie de la serrer dans mes bras.

Je pense à mes années piscine, à l'ambiguïté déchirante que j'éprouvais parfois quand une fille me demandait de lui appliquer de la crème solaire dans le dos. Il y avait aussi ces soirées pyjama entre copines où j'exigeais de dormir seule. Je pense aux listes de garçons qu'on dressait à l'adolescence – Fanta Boy, Le Yéti, Nid d'oiseau –, tous ces moments où je faisais semblant d'appartenir à la famille hétérosexuelle. C'était comme un déguisement.

Je leur raconte ma soirée. Je leur parle de Mao, du film pété, de son appartement dans le XIIIe, et à un moment, je le formule, ça vient, je dis que j'aime les filles, carrément je lâche le mot, je dis, Je suis lesbienne.

Adair rigole, elle dit, Putain c'est trop bien, je crois que je m'en doutais, enfin je sais pas, pardon j'ai envie de chialer alors que c'est rien, mais je sais pas t'as bien galéré quand même, bravo, ma sœur, je sais pas quoi dire. Mémé caresse ses gros genoux et va s'installer dans son fauteuil. Elle évoque sa collègue Suzanne Gouzon qu'elle aimait beaucoup et qui disait vivre avec une cousine. Elle dit, Personne n'était dupe mais c'était tabou, on n'en parlait pas à mon époque.

Dans la rue de Berry, les pancartes clament « Perdre sa vie à la gagner », « 4 millions de mal-logés », « C'est parce qu'on est dans la merde jusqu'au cou qu'on garde la tête haute », « Macron, toi et ta clique, tous au Smic », « Qui sème la misère, récolte la colère ». C'est l'acte VIII des Gilets Jaunes.

Ma dernière manifestation remonte à 2010. Le temps d'un après-midi, je m'étais mobilisée contre le projet de loi Woerth sur les retraites. En vérité, c'était surtout pour sécher les cours.

Mao est resplendissante. Je la contemple du coin de l'œil. Elle blague avec des habitués qu'elle connaît, cherche les détails cocasses dans la foule, trouve un balai-brosse-épouvantail gilet jaune qu'elle prend en photo pour Paloma, zoome sur le calot en tissu croisé d'un CRS, bombe le torse et, le poing levé, entonne en chœur les chants de révolte : « Aha, anti, anticapitaliste ! », « On est là, on est là, même si Macron ne veut pas nous on est là, pour l'honneur des travailleurs et pour un monde meilleur, même si Macron le veut pas, nous on est là ! »

Je repense à la représentante de SUD Éducation venue tracter devant le collège en début d'année. Elle m'a présenté les revendications de son syndicat, a insisté sur l'importance de la titularisation de tout le personnel précaire de l'éducation. Il fallait se battre pour obtenir, à terme, la cédéisation des surveillants non étudiants. Son tract disait : AED, CONNAÎTRE SES DROITS POUR MIEUX LES DÉFENDRE ! Ce jour-là, j'ai réalisé qu'il était temps que je m'engage et que je déménage. L'appartement de mémé était une tour d'ivoire.

De temps à autre, Mao filme sa main qui applique ses autocollants auto-édités à jeux de mots antimacronistes aux lampadaires. Elle dit qu'elle préfère ça aux pancartes à slogans. Même en manif, Mao réussit à faire un pas de côté créatif. Nous les jeunes bourges de gauche, on n'oublie jamais d'immortaliser nos preuves d'engagement antisystème. On relaie des pétitions sur les réseaux, on se filme en manif, on se tatoue 1312 sur le bras. Ça nous rassure.

Une mère célibataire venue spécialement depuis son village près de Montargis bat le pavé à côté de nous. Elle raconte comment les lignes de bus de son village ont progressivement été supprimées et comment, malgré ses deux boulots, elle craint toujours de ne pas avoir assez d'argent pour payer son loyer tous les 20 du mois. Je me demande ce qu'elle pense des stickers de Mao ou même si elle les a remarqués. Je réalise que c'est la première fois que je discute avec quelqu'un de pauvre.

Dans la rue du Louvre, Mao me propose de l'accompagner au vernissage de son amie Tamara qui présente son expo Jtm4 dans un garage à Montreuil. Je décline l'invitation. Ce soir, je répète avec Thibault. Dans deux jours, on passe notre scène pour les portes ouvertes de l'école. Au fond, je suis rassurée de ne pas pouvoir accompagner Mao à l'exposition de Tamara. Subrepticement, une pensée éclate en tout petit dans ma tête. Son amour pour moi est-il sincère ? En présence de ses amis, j'ai parfois l'impression qu'elle m'utilise comme faire-valoir comique. Mao m'embrasse. Elle dit, J'ai hâte de te voir sur scène.

Luca, Petits Pas, Gus et moi retrouvons Courtinat au CDI pour une réunion d'orientation avec des élèves de troisième. Autour de la table basse du coin lecture débordant de brochures de formation, les élèves écoutent Courtinat lister les avis provisoires d'orientation formulés par le deuxième conseil de classe. Emma, BMA horlogerie. Louane, CAP ébénisterie. Kacem, CAP coiffure. Anaïs, bac pro AMA tapissier d'ameublement. Amaury, bac pro optique-lunetterie. Samson et Benjamin, bac pro prothèse dentaire. Amie, bac pro animation enfance et personnes âgées. Courtinat leur dit, Voilà, je vous préviens, ce sont des vœux provisoires, on a vu ça ensemble, je connais vos appréhensions, vous n'êtes en aucun cas obligés de partir en pro, maintenant sachez qu'un bon bac pro vaut mille fois plus qu'un bac général médiocre. Des élèves traitent Kacem de pédé parce qu'il part en coiffure. Gus les recadre aussitôt, il dit, Alors je ne sais pas si vous êtes au courant mais c'est hyper viril de faire de la coiffure, à votre avis, qui coiffe nos joueurs aujourd'hui ? Il va où Benzema pour son undercut ? Pogba et Cissé pour leurs coupes de mariols ? Courtinat contracte sa mâchoire et je remarque ses contours de barbe si impeccablement sculptée. Il reprend la parole, La coiffure est un art et le style une nécessité, on est sur un secteur demandeur qui occupe la deuxième place au rang des activités artisanales, juste en dessous de la maçonnerie. Les élèves ouvrent leurs yeux ronds comme des soucoupes. Certains lâchent des petits meuglements. Kacem reste impassible.

Ça sonne. C'est la récréation de 14 h 35. Dans les escaliers, Luca demande à Gus si c'était préparé, son petit laïus sur la coiffure. Gus répond, Non, c'est sorti tout seul, c'est que j'en peux plus de les entendre se traiter de pédé à longueur de journée, Kacem il en chie, vous voyez bien. Je confirme. Ce midi, je l'ai aperçu manger tout seul à une table de quatrième. Je sors mon portable et ajoute « Kacem – harcèlement – homophobie » à l'ordre du jour de la réunion d'équipe de vendredi, qu'on complète en direct sur la conversation WhatsApp Pions. Depuis la grille, Petits Pas ajoute un pouce à mon message. Je suis validée.

Dans la cour, j'aperçois Sébastien de la cinquième CHAM qui monte à l'échelle de secours pour accéder au toit. Je le somme de descendre et il s'exécute. Maintenant, je connais les emplois du temps, j'envoie des mails aux profs principaux, on m'écoute, on connaît mon prénom, j'arrive à tenir mes élèves pendant les perm, à les changer de place, je fais remonter des problèmes, je suis devenue assez sévère.

Je pense à ma vulve de super-héroïne. Certains Pokémon, en général les plus faibles, évoluent plus vite que les autres. C'est mon cas. Peut-être que Mao m'a libérée. Peut-être que je suis devenue adulte.

Chaque année, lors des journées portes ouvertes de l'International-Music-Acting-School, les élèves de troisième année donnent un spectacle noté par un jury extérieur et ouvert au public pour clôturer la fin de leur cycle. Comme prévu, avec Thibault on va jouer « Valeurs 3 » dans *La Réunification des deux Corées*, la scène du pupitre. Personne n'a jamais mentionné l'épisode. Je pense que les élèves font semblant d'avoir oublié.

Les cours de théâtre se passent mieux. Je succombe toujours à des trucs d'anxiété sociale comme manger les chips une par une de peur de trop croustiller pendant la pause, mais globalement je suis moins gênée de moi-même. Je sens que le théâtre n'est pas mon élément, que je n'arriverai jamais à jouer des tripes, à jouer du fond en défaisant mon visage comme les vrais acteurs du corps, mais déjà j'ai moins de colère.

Je me faufile vers les projecteurs et m'assois sur un repose-pied d'où l'on peut voir la salle sans être vu. Pascale est là aussi. Elle trie des piles de texte par ordre de passage. Je la sens vibrante de trac. J'écarte un peu les pans de rideaux de la coulisse. Je cherche Mao. À la place je trouve Luca, Gus et Petits Pas assis en brochette au deuxième rang. Même Jérémie est venu.

Thibault est déjà sur le plateau. Il déambule à vue depuis l'entrée du public. Parfois même il s'adresse à eux. C'est son choix de mise en scène. Pascale passe une tête derrière moi et jette un coup d'œil à la salle. Elle chuchote, C'est bon Magnet est arrivée, et s'en va prévenir la régie que le spectacle peut commencer. J'essaye de démasquer Magnet parmi les visages inconnus. C'est peut-être la voisine de Petits Pas qui pianote compulsivement sur son grand téléphone noir depuis son arrivée. Ce soir, Magnet espère dénicher une nouvelle jeune perle cinégénique sur les planches de l'International-Music-Acting-School. En attendant, elle consulte son stock d'acteurs afin de déterminer les banques de profils à réapprovisionner : acteur gueule chelou ou actrice ronde pour jouer les meilleurs potes des premiers rôles dans les films.

La lumière baisse. C'est mon signal pour entrer en scène.

La salle se tait.

L'adrénaline commence à faire chanter mon sexe. La note est là, tapie au fond de moi-même, comme un acouphène. Ça me donne de la force. Je vais me placer à l'avant-scène, côté cour comme d'habitude, et ferme les yeux pour me concentrer. J'entends toujours la note. C'est infime mais constant. Je trouve mon point d'équilibre et me plante dans le sol, indéboulonnable.

Maxine (La Femme). — C'était bien ou pas ?

Je parle plus fort que d'habitude. Ça déclenche un truc, je ne me demande même pas quoi faire de mes bras. C'est la première fois que je joue comme ça : aussi concret. J'envoie le texte droit dans Thibault, j'avance dans la scène impudemment, c'est comme si je défendais chaque phrase. Le public se tend.

Maxine (La Femme). — Je m'en fous j'ai pas peur. J'irai jusqu'au bout, parce que j'ai ma fierté et que je la défends. Je me laisserai plus marcher sur les pieds, par personne, donne-moi ce qu'il y a dans ta poche.

Je me plie sous l'énergie, un peu comme un chanteur de metal enfiévré.

Maxine (La Femme). — Je te suivrai jusqu'au bout du monde... Jusqu'à temps que tu te décides à me donner quelque chose...

Je me jette sur Thibault qui se laisse plaquer au sol comme en répétition. Il me balance des faux sous à la figure.

Thibault (L'Homme). — Putain mais c'est pas vrai ça… Voilà j'ai dix dollars… Je te donne cinq et je garde cinq… Parce que j'en ai besoin… Je veux pas me démunir complètement !!

On se relève. C'est la fin de la scène. Les projecteurs me gênent comme si je venais de me réveiller. Je recouvre mon souffle. Je décompresse. Le silence me donne le vertige et puis, soudain, ça applaudit.

Au bar avec tout le monde, Thibault me glisse, Bravo, tu m'as fait peur. J'aime bien ce compliment. Je lui dis, Alors ?, et il me montre discrètement le nouveau contact enregistré dans son téléphone : Rebecca Agence Magnet. Bravo, Thibault ! On se donne une accolade.

Petits Pas, Gus et Luca sont là aussi. Jérémie est parti discrètement après le salut rejoindre des copains dans une salle d'escalade de bloc. Je me lève pour payer ma tournée. Depuis le bar, je vois Thibault et Petits Pas qui commencent à bien discuter. Ça me fait un truc d'avoir connecté des gens entre eux. Gus a l'air morose. Il faudra vraiment que je lui demande où en est l'écriture de son roman dystopique.

Mao n'est pas venue. À minuit, je reçois ce texto :

> Oh dsssl Maxxx j'ai pas pu venirrr à ton spectaaacleee c'était bien ?

Elle double ou triple ses lettres quand elle veut s'excuser de quelque chose. Je préférerais un texto qui commence par une majuscule et qui finit par un point.

Depuis que je fréquente La Femme De Ta Vie je m'interroge sur mon absence de style. J'aimerais trouver un look. L'idéal serait que je puisse ressembler à un personnage de BD avec des vêtements paramétrés pour toute la vie comme *Où est Charlie* et son pull à rayures. J'appelle Adair pour m'aider à créer une tenue. Elle me dit que j'ai un look de prof d'EPS. Selon elle, je m'habille uniquement pour avoir chaud et ne pas être nue. Une dispute éclate. Je lui hurle dessus, T'es qu'une trentenaire qui s'habille en trench beige. Adair me traite alors de gouine Quechua. Il y a un silence et puis on se recroqueville de rire. Finalement, j'accepte qu'elle me prête un jean taille haute et un pull *oversize*. Je colle mes cheveux derrière les oreilles dans le silence gêné de l'après-dispute. Adair me vérifie avant de partir. Elle dit, Voilà, comme ça, ça passe avec les basquettes.

Mao m'a donné rendez-vous au parc de Belleville. En y allant, je me souviens de ce jour où ma vulve a pleuré pour la première fois, de ma course panique dans la rue de Belleville, de ma stupeur dans les toilettes du Pacifique. Ça me paraît loin et proche, toujours surréaliste et en même temps normal. Je n'aime pas trop y penser.

Je compte les semaines de Mao + Moi rue des Envierges. Ça fait un mois qu'elle est entrée dans ma vie. J'ai pris la lumière. Enfin, je me sens appartenir au monde. Depuis le belvédère de Belleville, je la repère qui feuillette un petit livre sur la pelouse. Elle n'est pas seule. Paloma et Isaure sont là aussi. Je suis déçue. Quand elles sont là j'ai l'impression que ma présence est accessoire. Je deviens un truc qui suit derrière, une espèce de sac à main pratique et sympathique. Mao ne me prévient jamais de la présence d'Isaure et Paloma. Ce sont ses meilleures amies, ses confidentes, ses doubles. Elles forment un trouple inébranlable depuis leur rencontre aux Arts-Déco. C'est comme ça et je n'ai rien à dire.

D'ici, je reconnais leurs présences calculées, leurs airs supérieurs d'écoles d'art au bon-mauvais goût alternatif. *Longing to feel superior.* Isaure et Paloma portent de longs manteaux en cuir, de grosses chaussures plate-forme et des franges courtes radicales. Elles ressemblent un peu à Trinity de *Matrix*. D'autres corbeaux sont éparpillés par petits tas sur la pelouse. On dirait une composition picturale. Je descends les escaliers et m'assois dans le trouple d'un air faussement détendu. Mao m'adresse un sourire langoureux, je lui fais un bisou sur la bouche.

Salut ! Coucou. Paloma me jauge, je sens son regard sous sa visière noire.

Elle doit trouver mon pull consensuel. Les gens en écoles d'art portent souvent des vêtements de seconde main, or Adair doit avoir acheté ce pull chez Zara.

Le trouple reprend le fil de sa conversation. Paloma, Isaure et Mao s'interrogent sur leurs identités de genre et sexuelles. Sont-elles garçons, bi, pan, non binaires, lesbiennes ? Isaure se demande si elle n'est pas un garçon, un garçon pédé, ça expliquerait qu'elle soit attirée par les mecs alors qu'elle ne se sent pas hétéro. Leur façon de penser me déplace à chaque fois. Je suis fascinée.

Le trouple commère ensuite sur leurs anciens camarades de promo. Elles listent les couples qui feraient mieux de se séparer, les graphistes vendus à l'industrie, critiquent la nouvelle microédition d'Alan qui a photographié les meubles matriculés descendus dans la rue et attendant d'être récupérés par les encombrants. Mao dit, Ma prof d'arts plastiques avait fait pareil au collège. Leur humour est acerbe, piquant, toujours ironique, souvent méchant. Le trouple flotte au dessus du monde et des gens, il sature l'air de ses pensées. Mao me dit souvent, C'est dingue comme on se comprend avec Paloma, on peut parler sans s'arrêter douze heures durant, des nuits entières de face-à-face introspectifs.

Elle me caresse la main. Je prends ça pour de l'amour. Paloma détourne les yeux et jette un regard panoramique sur la pelouse pour voir si elle connaît quelqu'un. Isaure disparaît dans son écran et nous montre une story de son stage pas payé à HÖR Berlin. Elle doit préparer un *live arrangé* de techno froide pour la fin du mois avec son nouveau crush. Isaure dit, Elle a une *vibe gemeni*, tu vois, flexible et tranchante en même temps. J'hésite à parler de Joël Pommerat, de la journée portes ouvertes d'hier. À la place, j'encense le documentaire sur Marina Abramović que j'ai vu il y a quelques jours sur YouTube. Paloma me cuisine, Mais qu'est-ce qui t'a plu dans son travail ? Je dis que je ne sais pas comment dire, mais que j'ai trouvé ça incroyable, à chaque fois elle risque sa vie, la performance avec l'arc tendu et la flèche vers le cœur, j'en pouvais plus, tellement intense, cette femme est habitée, c'est une artiste.

Paloma me foudroie du regard. Elle me déteste. Isaure semble touchée par mon enthousiasme. Elle me sourit, avec un soupçon de condescendance. Je n'ose pas regarder Mao. Heureusement le reste de la bande nous rejoint. Il y en a certains que je ne connais pas. Mao ne fait jamais les présentations. Tant pis.

Les amis de Mao sont sensuellement proches. Ils s'accueillent avec de longs câlins, s'abandonnent sur les genoux les uns des autres, s'embrassent en soirée défoncés, se font des tatouages au henné l'été. J'envie leur décontraction. Lissandre sort le saucisson qu'il a volé au Monoprix. Il le découpe en rondelles avec son Opinel et raconte son voyage en Belgique. Il dit, Mais Gand c'est le parfait deal, t'es à une demi-heure de Bruxelles, la ville est trop mignonne, c'est *animal crossing*, genre tout est parfait, il y a des agences d'archi, les gens sont sur-beaux, sur-bien-sapés, tout le monde sourit, rien n'est cher, je me dis pourquoi on se fait chier à vivre dans des grandes villes. Le groupe acquiesce. La conversation dérive sur la fête de ce soir dans la maison de Swann à Bagnolet. Le thème : les signes astrologiques. Paloma propose au groupe d'aller confectionner des tenues dans son appartement à Goncourt. Je décline l'invitation. L'idée d'un atelier déguisement avec tous ces artistes plasticiens m'effraie et j'ai remarqué que mon manque d'intelligence manuelle crispe Mao. Je me lève et commence à dire au revoir avec mes bras. À ma grande surprise, Mao lance, Je viens avec toi.

C'est la première fois que Mao vient chez nous. Dans l'ascenseur, je pense à la décoration de l'appartement : les tableaux de Venise et de la place du village, les lourds rideaux rouille imprimés fruits et cigales, le fusil accroché au-dessus de la porte vitrée du salon. Elle va détester.

En arrivant à l'appartement, je fais les présentations : Simone, Mao, Mao, Simone. Mémé se lève de son fauteuil, elle dit, Bonjour Mao, en souriant tellement qu'on dirait qu'elle va éclater, Oh je suis ravie de faire votre connaissance. Hi ! Hi ! Hi ! Vous dînez avec nous ? Je lui réponds qu'on est de passage, T'inquiète, mémé, on a une fête après. Mémé dit, Mao c'est joli comme tout, comme prénom, c'est original, elle lui demande où elle habite dans le XIIIe et quel bus elle prend pour venir jusqu'ici. Mao répond gentiment, poliment, on dirait qu'elle fayote. Elle m'avait dit qu'au lycée elle était souvent l'élève chérie de ses professeurs. Mémé lui demande si elle ne paye pas trop cher en loyer dans le XIIIe. Sa question me gêne. Mao répond, Je ne sais pas vraiment, je suis propriétaire. J'ignorais que Mao était propriétaire. C'est vrai qu'elle ne parle jamais d'argent.

Je suis en panique pour le déguisement. Il faut que je trouve une idée, un truc de récup bien *Arte povera* comme ils aiment.

Mao reçoit des selfies de Paloma. Elle s'est pailleté le symbole du Bélier sur le front et s'est moulé deux grandes cornes en aluminium. Elle sourit silencieusement devant les photos. Je sens qu'elle veut les rejoindre, je lui dis, Vas-y, va te déguiser, moi je reste un peu là, je vous retrouve là-bas. Mao me demande si je suis sûre. Je réponds, Oui, oui.

Elle bise ma grand-mère et lui promet de revenir dîner un soir. Elle m'écrit l'adresse de la maison à Bagnolet, enfile son manteau et m'embrasse tendrement avant de s'engouffrer dans l'ascenseur.

J'essaye de scotcher des spaghettis à mon front pour me faire une crinière. C'est atroce, j'ai envie de pleurer. Je me rabats sur les chaussons roses en forme de griffes de mémé. Je les fourre dans mon sac. Ça fera l'affaire.

Je rejoins les corbeaux à Bagnolet. Ils sont au moins quatre-vingts, ça déborde dans le jardin. Pour ne pas avoir froid, certains ont noué leurs écharpes colorées autour de leur tête à la manière d'un fichu. Leurs visages ressemblent à des œufs de Pâques. Je n'aurais jamais imaginé que des gens aussi excentriques puissent se prendre autant au sérieux. Je n'arrive pas à croire que je traîne avec eux.

Je cherche Mao. Le trouple discute dans la cour. J'essaye de me greffer à elles. Mao me dit que je peux aller me servir en fringues dans la chambre de Swann. Isaure a rapporté des chemises et des sacs de chutes de tissus Courrèges. Aucun commentaire sur mes pantoufles.

Les deux grandes cornes de béliers torsadées argentées de Paloma attrapent les regards. Ça va bien avec sa chemise en tulle transparente et ses lourdes bottes plate-forme noires. Isaure s'est collé des feuilles d'or et des strass d'argent autour des yeux. Elle porte du fard à paupières mauve et une longue jupe en polyester bleu-vert effet écailles. Mao s'est contentée d'inscrire « Vierge » au marqueur sur une casquette blanche. Isaure et Mao écoutent Paloma qui raconte une de ses anecdotes arty-érotiques. À l'occasion d'un set design pour un parapluie martinet, elle a dû fouetter les fesses d'un mannequin avant chaque prise de vue pour qu'elles restent bien rouges. Je laisse échapper un rire franc. À ma droite, Mao est captivée, on dirait que ça l'excite. On appelle Tata ? Alan dit ça quand il veut commander de la drogue. D'une voix placide il fait, Si on lève cent balles on a dix taz ou deux grammes de M-D. Les fêtards rassemblent des billets. Ça se voit qu'ils sont habitués. J'essaye de rester cool malgré mes pantoufles griffes. Parfois, en soirée, j'aimerais être équipée d'un microphone parabolique et me balader dans l'ambiance, comme les petits en forêt pour entendre les fourmis.

Une fille à grosses lunettes mixe des tubes bubblegum pop des années 1990. Dans un coin, Tamara montre des photos de ses nouvelles œuvres peintes sur des tickets de caisse. Pierre parle de la manif des Gilets Jaunes du week-end dernier, il sort son smartphone pour trouver le nom des nouvelles armes des forces de répression de la Police de Macron dans un article de *Révolution permanente* : super Flash-Ball, LBD 40. La drogue arrive. Le dealer est noir. On est tous blancs. Des petits groupes se forment, certains écrasent un taz pour le dissoudre dans les verres, d'autres gobent un quart ou une moitié directement, comme un médicament. Paloma danse en pas chassés dynamiques devant les platines. À un moment, elle fait tomber son long manteau en cuir. Alan et Isaure sortent leurs téléphones pour filmer ses omoplates et ses bras nus. Mao danse juste derrière elle. Parfois, leurs corps se frôlent et Mao pose sa tête dans le creux de l'épaule de Paloma, les bras serrés autour de sa taille. J'essaye de rester détachée mais mes yeux reviennent toujours sur elles. Je vais me servir une bière dans le frigo. Ce n'est pas flatteur d'être jalouse. Je me sens vieux gars libidineux qui épie les femmes avec des mini-jumelles d'opéra. Elles dansent comme des amoureuses, on dirait qu'elles sont emmêlées. J'essaye de me raisonner. Est-ce qu'Adair danse comme ça avec ses amies ? Si je n'avais pas été un glaçon, à l'époque, moi aussi j'aurais peut-être dansé comme ça avec Alix ou Clotilde en soirée. Je vois bien qu'Isaure me regarde les regarder. Il faudrait que j'aie l'air blasée. Je cherche Alan. Peut-être qu'il vaut mieux que je me drogue.

Dans la cuisine, Katharina et Swann parlent de l'avenir post-diplôme, ils disent, On est tous diplômés de cinq ans d'études mais pourquoi, en vrai on ne comprend pas à quoi on sert, regarde le nombre de métiers *shitty* que le monde a inventés depuis des années, instagrameuse pour Dior, tu crois que ça fait rêver…

Je reviens au salon. Mao et Paloma ont disparu. Autour de moi, les danseurs s'enlacent, s'embrassent, se séduisent pour s'amuser. Elles sont où ? Isaure éclate de rire comme chaque fois qu'il faut désamorcer une tension.

Elle me dit de ne pas m'inquiéter, qu'elles sont montées prendre de la drogue, que je fais trop mon coq. Je fais semblant de rigoler. Les amis de Mao ne se disputent pas. Ils évitent, ils détournent, ils font des blagues, ils désamorcent. Dans le pire des cas, c'est la guerre froide, mais jamais de cris, jamais d'affrontements, d'émotions à chaud, d'amour impulsif. J'essaye de me raisonner ; Mao ne serait jamais venue chez ma grand-mère si elle ne m'aimait pas, ça ne marche pas comme ça. J'attends qu'Isaure se remette à danser en regardant béatement le plafond et monte à l'étage. J'ouvre la première porte, c'est la chambre de Swann. Et Mao et Paloma sont sous la couette, comme dans les films.

Je dégringole l'escalier et vais m'écrouler dans le petit jardin à l'arrière. Je n'entends pas les voix qui s'inquiètent autour de moi, Ça va ? Putain elle est défoncée, ne bouge pas, je t'apporte de l'eau. Je suis vidée, je suis humiliée. Le trouple m'a accessoirisée, je suis le jeu de cartes au fond du tiroir. Je crois que je ne suis pas faite pour les amours lesbiennes conceptuelles, pour les amours imaginaires et ambiguës. Peut-être même pour l'amour tout court. Au moment où je pensais avoir trouvé ma place, je la perds à nouveau. En vrai, je n'ai rien à faire ici. Je n'ai pas fait de grande école, je n'ai pas le sens du détail, je ne sais pas mettre en scène. Je ne vois pas la poésie des parpaings, des palettes de briques sur les chantiers, je ne cultive pas l'art de vivre. Je ne sais pas associer les couleurs, je n'aime pas les jeux de mots, je n'ai pas de vieux vélo. Je n'ai pas d'élégance, je n'ai pas de présence. Je pense à l'homogamie sociale, à l'homogamie de diplôme, au fait qu'en vrai on se couple par affinités culturelles et de goûts. Je comprends maintenant pourquoi Mao ne parle jamais du métier des gens qu'elle fréquente. En fait, tous ses amis sont artistes, graphistes, elle ne connaît personne en dehors du monde de l'art. On dirait que c'est contractuel. Je me demande à qui je ressemble et quels sont mes goûts, à qui j'appartiens.

Plus tard dans la nuit, Mao m'envoie un message d'excuses. Elle ne s'imaginait pas que j'étais tombée amoureuse. Pour elle, l'exclusivité est une construction patriarcale qui hiérarchise les relations sur la base de rapports sexuels, et c'est justement l'inverse de la politique d'anarchie relationnelle qu'elle revendique. Avec Paloma elles sont amies, elles sont amantes. Elles disent que c'est possible. Que c'est leur amitié spéciale. En fait je n'ai aucune idée de l'amour. Je ne comprends rien sauf que j'ai commencé à aimer trop tard. Je ne savais même pas que c'était politique. Je suis une naïve romantique qui capte la vie dix ans après tout le monde. Je me prenais pour l'homme providentiel, l'homme exclusif, celui qui va changer sa vie. Je me prenais pour qui aussi ?

Un homme joue *Comptine d'un autre été* sur un piano en libre-service de la gare du Nord. Quelques voyageurs s'approchent avec une espèce de sourire sensible suspendu aux lèvres. La SNCF vient de générer un « instant émotion ». Un sentiment mêlé d'abattement et de gêne m'envahit comme à chaque fois que je suis témoin d'une émotion publique programmée.

La voix magique de la gare du Nord fait ses annonces. Le Thalys à destination d'Amsterdam va entrer en gare voie 2. Il me tarde de revoir Johanna. Dans ma valise : deux chemises hawaïennes, deux tailleurs, deux chemises blanches, deux paires de talons, une trousse de maquillage, deux perruques, deux barbes, deux tabliers. Cette semaine on sera hôtesses de l'air, jardiniers, touristes américains, prostituées, femmes d'affaires. J'ai rendez-vous au zoo d'Amsterdam à 16 h 30.

Je patiente devant la grille principale du zoo. L'air se remplit de hennissements bizarres et de grondements sourds. Vers la loge d'entrée, j'aperçois la mascotte du zoo qui déambule entre les gens. C'est une girafe géante. Je pense à Julien, un ami d'Adair qui avait endossé le costume de Pluto, un été au parc Disney. Il nous avait avoué qu'il pleurait souvent pendant les parades, caché sous sa tête en peluche. Les familles ne se doutaient pas que les « pouet pouet » appuyés sur son museau noir faisaient cogner l'armature du masque contre ses tempes. Il souffrait physiquement et c'était déprimant de gratter ses cachets d'intermittence comme ça.

Je sens une main qui presse légèrement mon épaule. C'est Johanna. On a une espèce de début de fou rire, puis elle retrouve son phrasé laconique de petit soldat imprévisible. Johanna me fait penser à un château fort mais avec une muraille constellée de pierres précieuses. De loin elle fait robuste, mais plus on s'approche, plus c'est beau et pudique. Elle dit, J'ai nos uniformes de jardinier dans le coffre. Je suis garée au Q-Park Oost, pas loin. Je dis, OK, on va se changer dans la voiture et puis après on improvise. Johanna acquiesce. L'adrénaline libère mon truc en bas du ventre. Je me demande si Johanna le sent aussi. Je mémorise le chemin jusqu'au Q-Park Oost au cas où l'opération échouerait. Johanna s'assoit à l'avant de la voiture et ouvre le cabas sur ses genoux. Elle en sort deux salopettes kaki à caméras miniatures intégrées avec des bandes phosphorescentes aux manches et aux chevilles. Elle dit, C'est cool, on peut les passer sur nos vêtements, ça se zippe tout seul par la grosse fermeture devant. En un clin d'œil, elle se déchausse et enfile sa salopette de travail. Je fais de même et tire le Zip jusqu'au bout pour camoufler mon T-shirt rouge Speedo. Elle dit, On n'a pas de chaussures de sécurité mais avec nos basquettes ça devrait passer. Je te mets un faux talkie-walkie dans la poche arrière. C'est un détail mais ça fait pro. Ça va toujours ? Je dis oui. Elle continue, Surtout, faut rester pépère. C'est dans la tête que ça se passe. Faut faire le vide, pas chercher l'attention. MacInaugh en parle dans son livre, il donne l'exemple de l'école, quand tu faisais tout pour que le prof ne t'interroge pas. C'est cet état qu'il faut retrouver. Souviens-toi : il ne faut pas se déplacer trop vite et surtout ne jamais établir de *eye contact*.

On sort de la voiture en vissant nos casquettes noires Zoo Royal Artis sur la tête. On allume nos caméras cachées et on avance d'un pas décidé jusqu'à la grille d'entrée du zoo. On dépasse tout le monde et Johanna fait un signe de tête à l'agent de billetterie. Comme par enchantement, la barrière de sécurité se débloque et on pénètre dans l'enceinte du zoo. Une boisson énergisante se répand dans mon corps et ma tête. Je sors mon talkie-walkie et marmonne un truc inaudible en anglais. Johanna sourit discrètement. On est crédibles. On quitte l'allée centrale et on tourne tout naturellement à gauche en direction de la serre tropicale. Un homme nous arrête et nous demande la direction des otaries. *The sea lions, please ?* Il plisse les yeux et met sa main en casquette à cause du soleil. Je pense, Il a la tête de l'été. Je réponds, *This way, straight on after the Serpentarium.* On attend qu'il vire sur l'allée principale et on s'engouffre dans le tunnel-terrarium qui forme l'entrée de la bulle tropicale. On tente de repérer les crapauds mousses qui se confondent avec le lichen. On pointe les dendrobates bleus fluorescents et on entre dans la bulle tropicale. La touffeur du lieu nous accable. Des perles de sueur s'entassent sur nos duvets labiaux. Les oiseaux rares jacassent et des feuilles *gigantea* nous obligent à nous courber pour passer. Je ne peux pas m'empêcher de penser à *Jurassic Park* ou à *Tarzan*. Je demande à Johanna si elle présume que le concept de serre occidentale a été développé dans les régions tropicales, avec des sapins, des cèpes et des sangliers en liberté. Johanna me frôle la main l'air de rien. On va pour traverser le faux pont de corde quand un groupe de vacanciers heureux jaillit de derrière les bananiers. Ils s'éventent avec des prospectus *The Gorilla House*. Je me redresse aussitôt. Je prends un air préoccupé et examine une rangée d'orchidées mais Johanna me dit, C'est bon, tu sais, on n'a plus besoin de se cacher. Les touristes commentent les nénuphars puis disparaissent dans les fougères. Johanna et moi retirons nos uniformes et les abandonnons dans le contrefort des racines d'un figuier géant. Johanna se rapproche de moi. Un labyrinthe de lumière se dessine dans les cimes des arbres. C'est comme si les arbres laissaient volontairement une barrière polie d'une trentaine de centimètres pour éviter d'entrer en contact. C'est la fente de timidité. J'embrasse Johanna sur la bouche. Nos deux chants de thérémine enveloppent l'espace de la serre tropicale.

Toutes les citations des pages 45, 46, 47, 51, 52, 53, 54, 55, 103, 104, 173, 174 proviennent de l'ouvrage de Joël Pommerat, *La Réunification des deux Corées*, « Valeurs, 3e partie », Arles, Actes Sud, 2013.

Les citations pages 37 et 38 sont issues de Jean Racine, *Bérénice*, Paris, Folioplus Classiques, 2012, p. 70.

La citation page 102 est extraite de Valère Novarina, « Lettre aux acteurs », in *Le Théâtre des paroles*, Paris, POL, 2007, p. 26.

L'émission *Les Pieds sur terre* du 26 février 2018 intitulée « Perdre sa virginité » et qui évoque Aquarion, ainsi que le documentaire « Virgin School », diffusé sur Channel 4 en 2007, ont inspiré ce livre. Cependant, tout ce que l'autrice a imaginé au sujet d'Aquarion à partir de la page 116 est fictif.

Merci aux femmes de ma vie : ma mémé, ma sœur et ma mère. Thanks, dad, G&G, Philip and Rebbeca.

Merci à Brigitte Bouchard, Sarah Barracco, Marie Eugène et Christine Montalbetti.

Merci à Tomtom et Camille. Merci aux Chipos – Clims, Loulou, Cabs, Roms, merci à Fatima, Von Guigo, Marmotte et Ryaam, merci à Chloé, Barbara, Ferdinand, Maxime, Wanky et Gros Poil.

Dans la même collection

Marie Aline, *Les Bouffeurs anonymes*
Louise Browaeys, *La Dislocation*
Louise Browaeys, *Fais battre ton tambour*
Agnès de Clairville, *La poupée qui fait oui*
Gringe, *Ensemble, on aboie en silence*
Émilie Guillaumin, *L'Embuscade*
Émilie Guillaumin, *Petites dents, grands crocs*
Carine Hazan, *jean-jacques*
Aurélie Jeannin, *Préférer l'hiver*
Aurélie Jeannin, *Les Bordes*
Claire Jéhanno, *La Jurée*
Anne de Kinkelin, *12 bis, avenue du Maréchal-Joffre*
Anne de Kinkelin, *La Sourde Oreille*
Nicolas Laquerrière, *Nueve Cuatro*
Agathe Lemaitre, *Le Livre de Liane*
Nicolas Maleski, *La Science de l'esquive*
Nicolas Maleski, *La Force décuplée des perdants*
Sophie Pointurier, *La Femme périphérique*
Sophie Pointurier, *Femme portant un fusil*
Sophie Reungeot, *Le Bruit des avions*
Matthieu Seel, *Rien ne dure vraiment longtemps*
Frédérique Voruz, *Lalalangue (prenez et mangez-en tous)*

Composé et édité par HarperCollins France.

Achevé d'imprimer en juillet 2023.

FIRMIN-DIDOT

à Mesnil-sur-l'Estrée (Eure)

Dépôt légal : août 2023.

Pour limiter l'empreinte environnementale de ses livres, HarperCollins France s'engage à n'utiliser que du papier fabriqué à partir de bois provenant de forêts gérées durablement et de manière responsable.

Imprimé en France